遠い記憶

杉山 実

sugiyama minoru

ブックウェイ

あらすじ

九州の福岡に住む春山俊介は妻帯者でありながら、接待の為に訪れたキャバクラの新人青木彩矢に惚れてしまう。

上司の紹介で見合い結婚をした俊介にとっては、妻よりも恋愛対象として彩矢は好みに近い女性だった。

生活の為にお金が必要な彩矢は、キャバクラで二三度会って、好意を持った俊介と関係が出来る。

だが妻帯者の俊介と独身の彩矢の間には、お互いが好きでも大きな溝がある。

約五年以上付き合い、彩矢も三十歳を迎え結婚に憧れる様になる。

俊介は、彩矢に恋人が出来た事を知り詰めると、彩矢は何も言わずに俊介の元を去って行った。

中年を迎えた俊介が……。

お互いの気持ちが交差する世界を描く作品。

遠い記憶　◎目次

一話

２０１２年の秋、春山俊介は新幹線新岩国駅前の喫茶店で、青木彩矢と時間待ちの為にコーヒーを飲み始めた。

俊介には気になる事が有ったが、別れる寸前まで言い出せなかった。

注文したコーヒーが運ばれて飲み始めた俊介は、そこでやっと勇気を振り絞りテーブルにスマートホンを置いた。

俊介はこれから新幹線で博多に帰るところで、後二十分で下りの新幹線がホームに着く時間だった。

そのスマートホンに映し出された写真を見た彩矢は、顔が凍り付いた。

二人は付き合い始めて五年以上の歳月が流れていた。

彩矢は今年でもうすぐ三十歳に成る。

俊介は一廻り以上も歳が離れた四十二歳で妻も子も居る。

「知られたのですね！　良い機会ですから、お別れしましょう！」吹っ切れた様に、彩矢はそれだけ言うと直ぐにキャリーケースを持って喫茶店を出て行こうとした。

慌てて俊介が「彩矢！」と呼ぶが、既に彩矢は喫茶店を出ていた。

俊介は勘定を済ませて、後を追い掛けたが彩矢は振り返る事もなく急ぎ足で遠くを歩いていた。

そのスマートホンに映し出されていた画像は、彩矢が見知らぬ男性と楽しそうに微笑んでいる姿だった。

男性は彩矢の恋人で須永亘、三十三歳で付き合い始めて半年程度だ。

レンタカーに戻った彩矢は運転をしながら、どの様な入手経路で俊介の手元に渡ったのだろうかと、その事を考えていた。

月に一度、不倫旅行に行くのが俊介と彩矢の関係であった。

元々携帯電話とメール、ラインでの連絡で、彩矢のことは詳しくは知らない俊介であった。生まれは栃木で、現在は東京に住んでいる程度のことしか知らない。

『五年間楽しい時間をありがとうございました。お元気でさようなら、彩矢』それが最後のメールだった。

その後はメールもラインも携帯番号も全く繋がらない状態となった。

彩矢はフェイスブック、ツイッターもするが、俊介にはそのことは話していなかった。

俊介は彩矢を探そうと時間があるときにフェイスブックで青木彩矢を検索して、やっとヒットしたのが去年のことだ。

それから時々覗き見ていたが、一ヶ月前偶然フェイスブックに投稿された例の写真を発見してしまったのだ。

どうやらその写真は彩矢の操作ミスで一瞬掲載されただけだったが、その一瞬が偶然俊介の知る事になったのだから恐ろしい。


俊介は、妻律子と今年中学二年生になる娘の葵がいて、九州の福岡に本社が在る医薬品の卸商社、星原に勤務している。

星原は、約十年前、営業に開拓チームが発足し、二人一組が交代で東京出張をして２０１５年に現在の営業所設立まで漕ぎ着けた。

俊介はその第二陣に配属されて、六年前から東京出張に行っていた。

医薬品の営業で、町医者とのコンタクトの為に接待も多く夜の営業活動も盛んだった。

俊介が初めて青木彩矢に会ったのは、接待でお客を連れて行ったキャバクラだった。

彩矢はその日がキャバクラ初日、場違いのように初々しい姿に俊介は好感を持った。

彩矢がキャバクラに勤めたのは、学生時代に奨学金を借りた為の返済で、会社の給料だけでは生活が苦しく、週に二日間会社に内緒で働き出したのだ。

彩矢は栃木県から東京の大学に十八歳で来て卒業すると、そのまま東京のアパレルメーカーＩＯＵに就職していた。

就職当初は切り詰めて生活をしていたが、生活と職場に慣れてきたので思い切って夜の仕事を始めたのだ。

キャバクラでは指名客を獲得する為に、自分のメールアドレスを教える様に指導していた。

携帯を二台持っている人が多く、プライベートとキャバクラ用を持っていたが、彩矢はそのことは知らなかったが、もっとも知っていても余裕が無いので二台もつなど無理な事だった。

彩矢は初日にあった俊介に当然自分のアドレスを教えた。

その日から、彩矢の初々しさと好みの容姿に好感を持ってしまった俊介は、接待の無い日も、妻に悟られないよう彩矢の出勤日に合わせてキャバクラに行く様になった。

既に俊介は結婚して子供も居たが、遠い東京の空の下では自由を満喫していた。

彩矢は長身で細身、笑顔が可愛いく八重歯が印象的で美人の部類に入る。

俊介は二度目の時に彩矢に同伴出勤を話した。

キャバクラでは同伴、指名は成績が上がるので、積極的に受ける様に指導されていたが殆ど断る彩矢。

それは昼間の仕事の関係も有って入店時間がぎりぎりで余裕が無いのが一番の理由で、二番目は知らない男性と夕食を共にしたくないのも大きな理由だ。

だが俊介は彩矢の嫌いなタイプでは無かったのと、店から積極的に指名を獲得する期間に入り、俊介は対象の一人として同伴指名を受け入れたのだ。

俊介が結婚をしている事は初めから知っていたが、積極的に喋る俊介に何処か惹かれる。

月に二度来店してその度に同伴したが、彩矢の会社でアルバイト禁止の通達があり、誰かが彩矢のことを会社に告げ口した為、彩矢はキャバクラの仕事を僅か三ヶ月で辞める事になった。

「困ったわ！　会社にバイトが知られてしまったかも知れない！　兎に角今回で最後になります」彩矢は俊介にその様に告げた。

僅か三回しか会っていない別れに、未練が一杯の俊介。

一方の彩矢はお金が欲しいので、別のバイトを考える必要に迫られていた。

「会社に見つからないバイトないかな？」

「幾ら程稼げば良いの？」

「そうね、今の給料から考えると月に五万位有ればぎりぎり生活出来るかな？　キャバクラも結構お金かかるから、実際は五万も残っていないかも知れないわ」

「五万か？　俺と付き合ってくれたら五万払うよ！　どう？」

「えっ？　付き合うってＳＥＸをするって事？」

直球で聞かれて恥ずかしくなる俊介だが、もう後には戻れない心境になっていた。

二話

「唯会ってホテルに行くだけなら、僕は気がすすまないな！　例えば食事をするとか、映画を見るとか、旅行にも行きたい！」

「恋人ごっこがしたいの？　珍しいわね！　妻帯者の春山さんがＳＥＸでは無く恋人ごっこがしたいなんて？」不思議そうに話す彩矢。

キャバクラでも何度かＳＥＸの付き合いを誘われた彩矢には、俊介の申し出は新鮮に聞こえた。

高校時代から何度も男性から誘われた事があるが、殆どの男性は自分の身体が目的に思えていた。

事実初めての体験は高校三年の時で、高校のクラブの先輩だった。

テニス部の合宿で指導に来た先輩に声をかけられて、その後二ヶ月程付き合って初体験をした。

彩矢は高校卒業して東京の大学に進学したので、そのまま自然に別れていた。

大学時代は学業とバイトに明け暮れて、バイト先の男性としばらく付き合ったが大学卒業と同時にその彼とも別れていた。

彩矢は、自分の容姿は清楚な感じには見えるが、それ程真面目ではないと自覚している。

事実今の会社でも出入りの業者の男性と付き合い関係も有ったからだ。

それでも「私キャバ嬢しているけれど、男性経験は少ないのよ！　お客によく誘われるけれど行かないからね！　それよりお金大丈夫なの？　奥様に直ぐに見つかるでしょう？　喧嘩に成るのは嫌だわ！　離婚の原因の大半はお金なのよ！　女の子が居るのでしょう？　可哀想よ！」

「お金は妻に内緒の口座があるから安心して！」

「何故？　今給料って振り込みでしょう？　上手に誤魔化しているのね？」

「誤魔化してはいませんよ！　僕の父が残してくれた株があるのです！　嫁を貰う前に父が亡くなり名義が僕になっているので妻は知りません！」

「へー株券が？」

「親父は沢山株取引をしていた様です！　でも僕に残ったのは僅かな株券だけでしたが、増資とか分割を繰り返したので、今では大きな価値に成っています！　少し売れば妻に迷惑はかかりません！」

「凄い！　お金持ちなのね！」

「それ程はありませんよ！　彩矢さんと楽しむ程度はあると言う事です！」

彩矢は今夜でキャバ嬢を辞める事になっていたので、俊介を呼んで最後の別れを話す予定だったが、意外な話しに進んで困惑していた。

「僕は、実を言うと恋愛の経験が無いのですよ！」

「えーそれで?」益々驚く彩矢。

「妻とは見合い結婚で、女性と恋人って関係を経験した事が無いのです！　だから彩矢さんと一度経験してみたいのです」

「でも疑似恋愛ですよ！　それでも良いの?」

「勿論です！　結婚して直ぐに子供が出来たので恋愛のまね事も無かったのです」

「変な感じですが、それで春山さんが楽しいのなら次回食事に連れて行って下さい！」

「本当ですか?」彩矢の承諾で喜ぶ俊介だが、次の言葉で嬉しさも半減した。

「それなら自然の成り行きで関係になるまで、食事だけって条件ならお受けしますわ！」

「……」しばらく考えて俊介は「僕が言い始めた事ですから、それでも良いです！　お金もお支払いします！」

「えっ、お金は頂けませんわ！　お食事ご馳走になってお金を頂くなんて？」と拒否はするが、彩矢には五万円のお金が欲しい気持ちは強かった。

あっという間に二時間ほど経った。時間が二人を引き離して、俊介は会社のカードで精算すると「今夜は何処の医者の名前を使うかな？」そう言って帰って行った。

彩矢には少し名残惜しい気分だったが、会社の経費でここに来ているので引き留められない。

別れて直ぐに俊介から来月の予定を連絡してきて『引き留めて欲しかったな！』とメールに書き添えられていた。

『横領は犯罪ですよ！』とジョークとも本気とも思えるメールを返信した彩矢。

その後は毎日の様にメールを送る俊介に、呆れながらも応対をしていた彩矢。

翌月都内の小さな懐石料理店を俊介は予約していた。

ホテルの近くの店で俊介には便利だったが、彩矢は電車を乗り継いで来なければならなかった。

当日夕方から都内はゲリラ雷雨で、電車も遅れていたので、会いに行くのを止めようかと思ったところに、偶然遅れていた電車がホームに滑り込んできたので仕方なしに乗ってしまった。

この偶然が二人を結び付けるのだから、世の中何が起こるか判らない。

最寄りの駅に着くとタクシーに乗って料理屋に到着した彩矢は、雨に濡れて飛び込んだ。

「来られないかと思っていました！　よく来られましたね」笑顔の俊介が迎えると、店員にタオルを欲しいと頼み込んだ。

「約束だから無理して電車に飛び乗りました」と彩矢は店員から貰ったタオルで髪を拭きながら言った。

「ありがとうございます」笑顔で感動する俊介の言葉が雷鳴でかき消される。

偶然電車が来て乗り込んだとは言えない彩矢は笑顔で「凄い雷雨だわ！」雷鳴に驚く。

「本当に凄い雨ですね！」

「帰れるか？　心配です」

「何処まで帰るの？」

「中野です」彩矢は適当に言ったが、自宅はもっと遠い立川で会社は池袋に在った。

自宅も本名も教えないのが、キャバ嬢の常識だったので適当に話していた。

しばらくして料理が運ばれて来ると、元々ビールが大好きな彩矢は一気に飲み干した。

「仕事で飲むお酒と味が違うわね！」嬉しそうにお替わりした。

俊介も酒は好きな方なので、この部分でも気が合う二人。

「僕一度も名前聞いて無かったね！　僕は春山俊介三十六歳」

「青木彩矢二十三歳、今年四になるの！」

「誕生日はいつなの？」

「十一月二十七日の射手座！」長い栗色の髪を掻き上げて答えた。

住所さえ言わなければ支障は無いと思って正直に答えた彩矢。

しばらくして表に客を見送った店員が「雨上がったのかな？　やみましたね」そう言って入って来た。

次々と運ばれて来る料理に「ここの料理美味しいでしょう？」と尋ねる俊介。

和やかに食事と酒が進む二人、彩矢は雨が止んだ事が嬉しかった。

三話

悪い人ではないわね！　本当に恋愛経験が無いの？　信じられないな？　彩矢は食事をしながら観察をしている。

話しも上手で容姿も特別男前ではないが、普通のお兄さんって感じだわ？

俊介も、本当にお金が欲しかったのだろうな？　キャバ嬢って感じはないな、これで黒髪なら清楚なお嬢様でも充分通用するな。

お互いが観察しながら、お酒が進むと立ち入った事を聞き始める。

「奥様ってどの様な感じの人？　歳は？」

「同い年で大人しい感じですよ！」

「すみません！　立ち入った事を聞いてしまいましたね！　私達の関係で私生活を話すのは止めた方が良いですよね！　私も話しません！」

彩矢は自分の事を聞かれる事を恐れて直ぐにそう言った。

その後は芸能界の事や二人の家庭に関係のない話しを始め、美味い料理と酒で和やかに談笑していた。お互い酒が好きなので飲み始めると意気投合していたが、再び雷鳴が響き大粒の雨が戸を叩き付けた。

彩矢は「えっ、雨止んでいたのでは？　困ったわ？」と言って時計を見ると、すでに帰る時間が近づいている事を知った。

「もう帰らないと電車が……」と言おうとした時、俊介が店員にタクシーを呼んで欲しいと頼み同時に勘定もお願いした。

店員が気の毒そうに「この雷雨でタクシーは来られないそうです！」と勘定の用紙を持って来た。

「えー困ったわ！　どうしよう？」彩矢の悲痛な顔に「隣のホテルからなら呼んで貰えるかも知れませんよ！」そう言って元気付ける。

「春山さんはそこのホテルに？」

店の隣には高級シティーホテルがあり、まさかそこに宿泊しているとは思っていなかった彩矢。

この料理屋からはホテルへの専用通路があり傘も不要だった。

近くにはビジネスホテルも在るので、そこに宿泊していると思っていたので意外に思う彩矢。

お金を本当に持っているのねと思いながら、俊介の後ろを歩く彩矢。

自分も背が高いけれど、俊介の方が自分より高くて安心する。

中々自分と背丈が合う男性は少ないので、この点では合格だわ！　でも不倫の相手だよね！　その様な事を考えていると、ホテルのフロントに到着した。

その間にも雷鳴が響き豪雨がホテルの窓を叩き付けている。

フロントにタクシーを呼んでもらおうと交渉に行った俊介が戻ってきた。

「駄目だ！　タクシーは来ない様だ！　泊るか?」

泊るつもりもなかった彩矢は、勿論着替えも用意していないので戸惑った。

今日関係が無くても来月には二人に関係が出来る事は確実だと思う。唯今夜は心の準備と着替えが無いのだ。

だが雷鳴は轟き、大粒の雨が容赦なく降る。

「中央線が止まっている様ね！　この雷雨結構広い範囲で降っているのね！」チェックインを待っている女性の話声に彩矢は帰れない事を悟った。

覚悟を決めた彩矢は「このホテルの中にコンビニは無いの?」と着替えを気にした。

「反対側に在るよ！」俊介が教えると「待っていて、着替え買ってくるわ」そう言って一人で歩いて行った。

この様にして偶然の雷雨で二人は初めて関係を持ったのだ。

俊介は今まで妻とのＳＥＸでは感じることもなかった相性の良さを感じていた。

彩矢も同じ様に今までの男性経験では得られなかった快感を得たのだった。

二人がその事をお互いに話したのは、随分後のことだったが、この時お互い長く付き合いたいと思っていた。

翌朝六時に彩矢は名残惜しげな言葉を残すと、ホテルから急いで帰って行った。

服装を変えて会社に行かなければならないので慌てて帰ったのだ。

幸い会社は十時に出社の日だったので、彩矢は自宅に帰って着替える事が出来た。

話が戻って
新岩国駅から新幹線に乗って福岡に帰る俊介は、車窓から遠くの景色をぼんやり眺めながら遠い昔を思い出していた。

初めて結ばれた時の事は、六年近い歳月が過ぎても鮮明に蘇る。

何故問い詰めてしまったのだろう？　二人は不倫を承知で付き合い始めた筈、自分に妻が居るように彼女に恋人が居ても悪くはない。自分から別れを切り出した様に思えて後悔の念が滲み出る。

自分は妻と子供に恵まれているが、彼女はもう三十歳、結婚の事を考えても仕方ないことではないかと思い始めていた。

そうだ！　謝ろう！　俊介はそう思い立って彩矢の携帯に電話をかけた。

「この番号はお客様の都合でお繋ぎ出来ません！」のアナウンスが流れる。

「あっ！」今は飛行機の中だ？　羽田空港に向かう切符は自分が手配したことを思い出した。

福岡の自宅に帰る前にもう一度彩矢に電話をして謝ろう！　そう決意すると、携帯の中に納められた彩矢の写真をずっと見ていた。

自宅では妻律子の携帯も見ないが、妻も俊介の携帯は見ないと云う暗黙の了解が存在している。

この六年弱、一度も彩矢との関係を疑われた事は無い俊介。

自分は、家に帰ると良い夫で良いお父さんを演じきっていると確信しており、心配もしていない。

紅葉見物を目的に二度目の宮島旅行に行った俊介と彩矢。

一度目の錦帯橋から宮島の旅で、紅葉の美しさに魅せられての二度目の旅だった。

彩矢の希望で宮島に訪れたのだが、彩矢は本殿での祈祷を希望していた。

自分の住所と名前を記帳している神妙な様子の彩矢。それを見た俊介は、彩矢が何か特別な祈願をしている様に思えた。

俊介は終始写真の男性が気になって落ち着かないので、自分でもいつもの二人とは違った雰囲気だと感じた。

それは彩矢も感じていた様で、ぎこちない仕草が目立つ。

宮島の紅葉も二人の目には昨年より鮮やかさが無い様に映った。

博多駅に到着した俊介は再び彩矢の携帯に通話したが、前回と同じアナウンスが流れて繋がらない。

自宅に入る直前にもう一度かけてみよう、確か今の時間位に羽田に到着したと思う俊介。

半時間程経過して自宅近くの公園で再度携帯を鳴らすが、全く同じアナウンス。

仕方無くラインで謝罪の言葉を送って、自宅に入った俊介。

「お帰りなさい！」妻律子の声に現実に引き戻される。

もみじ饅頭の詰め合わせを土産に手渡すと「元気が無いのね？」律子は俊介の顔色を見て言った。

「そうか？　夕べ沢山飲まされたからな！　町医者の連中は酒飲みが多いから困る！」そう言って誤魔化した。

四話

　律子は、俊介が普段取引先の話などめったにしないのに、何度も町医者の話をするので妙な印象を感じた。

　律子の前で変に携帯を触ると不審に思われると思うと、むやみに携帯を確認することも出来ない。

　結局、携帯を触れたのは翌朝会社に出かける前になった。

「えっ！」ラインに既読マークの無い事に思わず声が出た俊介。

「どうしたの？」その声に反応した律子に「何でもない！」慌てて誤魔化したが、この時律子は俊介の態度に明らかに不信感を抱いた。

　家を出ると直ぐに彩矢の携帯に電話をするが、昨日と全く同じアナウンスが流れたので俊介はかなり落ち込んだ気持ちのまま会社に向かった。

　その日は小さなミスばかり連続して起こすので、彩矢の事を絶えず考えている自分が居る事を感じていた。

　青木彩矢年齢二十九歳、今月の末には三十歳に成る。

　住んでいるのは東京の中野、生まれは栃木、姉と弟が居て、現在の仕事はアパレルのメーカーだと思っている。

記憶の中で彩矢を捜す手掛かりを一生懸命に思い出そうとしていた俊介。

彩矢の姉は、同じく東京に出て働いている様だが、美容師をしていること意外何も知らない。

弟は昔野球で全国大会に行ったと聞いた事を思い出す。

「そうだ、高校野球で甲子園か！」

翌日資料を調べ始めるが、彩矢のひとつ下の年齢から十五年分の栃木代表の選手に青木の名前は存在していなかった。

同僚の女子社員が「春山さん！　何を調べているのですか？」と怪しまれたので、会社を終えて自宅のパソコンで調べるが全く判らない。

「嘘だろうか？　いや嘘は言わない！　彩矢はこの五年……」

確かに最初は嘘をついたかも知れないが、真剣に付き合い始めてからは嘘が無いと信じていた。

ただ、お互いの家の話しや仕事の話は殆どしたことがない。

自分が薬品卸会社の星原に勤めている事も一度も話した記憶は無い。

「俊介さんの事これ以上好きになったら困るから、私生活の事は聞かないわ！　私も話さないからね」

始めて二人で温泉旅行に行った時彩矢は微笑みながら話した。

「そうだな！　僕も聞くと彩矢を好きになった時困るな！」

「でしょう！　奥様と娘さんを棄てられないでしょう?」

そう言われて頷く俊介だったが、先月の雷鳴が頭の片隅に残っている様な気がした。

中央線の八王子駅で待ち合わせて、特急あずさの車内からホームの彩矢の姿を捜している俊介。

ホームに彩矢を見つけた俊介は彩矢の変身に驚いた表情をした。

栗色の髪が黒に変わり肩の辺りで切り揃えられていたのだ。

その姿は清楚で美しいお嬢さんの姿で、俊介はその時の彩矢に惚れてしまったのかも知れない。

「どうしたのですか?」グリーン車の席に座った時、思わず尋ねている俊介。

「お嫌いですか？　似合いませんか?」

「いいえ、今までのイメージと大きく違いましたので驚いただけです！　素敵です！」

「姉が美容師をしているので頼みました！　元々キャバのバイトをして無かったらこの様な黒髪でした」

「お姉さんが東京で?」

「はい、高校卒業と同時に東京で働いています」

「でも似合いますよ！　ホームで見つけた時、凄い美人で別人だと思ったのですよ！」

「ありがとうございます」笑顔になる彩矢。

俊介が彩矢との最初の温泉宿に選んだのは、それ程有名でも無い笛吹川温泉だった。甲府駅には予約していた温泉宿の迎えの車が待っていた。

開口一番宿から来た迎えの人が「春山様の奥様はお若くてお綺麗ですね！」と言って出迎えた。

「ありがとうございます」笑顔で御礼を言いながら小声で「奥様なの？」と笑みを浮かべて尋ねる彩矢。

綺麗と言われて悪い気はしない彩矢だが、車は山と畑以外何も無い方向に走っていく。この様な場所に有名な旅館が在るのかなとおもっていると、遠くに富士山が見え来て中々の景色に変わった。

到着したところは広大な敷地に平屋の旅館が存在しており、数部屋しか無いと説明されて再び驚かされるが、中庭の池にカルガモの親子を見つけると心が和んだ。

高級旅館で山梨・富士山を背に歴史に彩られる甲州塩山、笛吹川のほとり、天然温泉の露天付離れで甲州ワインと懐石料理を楽しむ、敷地三千坪にわずかな客室。

これ程の贅沢な旅行をしたことが無かった彩矢はとても感動していた。

お食事処の個室には露天風呂が在り「この様な場所の露天風呂って、少しスリリングね！」彩矢が入りたいと言うので旅の勢いも手伝って二人で露天風呂に入った。

始めて広々とした明るい場所で彩矢の裸体を見た俊介は再び感動していた。

前回は雷鳴の中、取り敢えずの宿泊であり、初めてでもあったので彩矢の裸体もよく見ていなかった様だ。

色も白くて綺麗な身体に再び惚れる俊介。

翌日は昼まで旅館でゆっくりと過して、東京に帰って行ったが、往きと同様に八王子で彩矢は下車した。

友人の家に土産を届けるのだと言ったが、今考えれば八王子に住んで居たのかも知れない。

俊介は彩矢が本当は何処に住んで居たのだろう？　思い出そうとするがヒントになる事はその時だけで、その後は品川か東京が出会いと別れの場所であった。

彩矢が立川に住んでいる事は全く思いもしていなかった俊介だ。

彩矢はその後三年間は立川に住んでいたが、会社の寮に空きがでたので品川に引っ越す事になる。

学生時代から約八年間立川に住み、ボロアパートから漸く解放された嬉しさは俊介に「品川って便利よね！」の言葉に込められていた。

俊介は中野から品川に引っ越したと思っていた。

彩矢の会社は直営店も都内に数店在り、女子寮も数か所在る。

俊介は彩矢と別れてから品川に女子寮のあるアパレルメーカーを検索したが、結局特定出来なかった。

「貴方宮島から帰ってから変よ！　何か有ったの？」数日後不意に律子に尋ねられて「何も無いよ！　疲れているのかも？」そう言って惚ける。

夫婦の暗黙の了解でお互いの携帯を見ない事になってはいるが、少々心配になってきた俊介。

年が明けても彩矢から何の連絡も情報も掴めない苛立ちが俊介に現れてきたので、律子は疑いの眼差しを送るようになっていった。

そんなある日、俊介は寝言で「彩矢！　何処に行ったのだ！　僕が悪かった！」と口走ってしまったのだ。

五話

寝言に驚いて目を覚ました律子は俊介の浮気をいよいよ確信した。

律子は今まで一度も手にしなかった俊介の携帯を手に取り、動かそうとしたが思い当たる暗証番号に反応しない。

翌朝目を覚ました俊介は、携帯を律子が触ったのではないかと思った。微妙に置いて居た場所が違い、向きが反対になっていたのだ。

妻に何かを悟られていると不安に思っていた時、テレビで指紋認証携帯のＣＭが流れて、俊介はこの携帯が発売されたらすぐに買い換えることにした。


相変わらず俊介は彩矢の事が頭を離れず、東京に出張の時は彩矢の足跡を追うことが続く。

訪問先も自然と少なくなり、三月になって営業成績に影響が出始めた。

俊介の彩矢探しはエスカレートして、東京に在るアパレルの会社にまで電話で尋ねるまでになっていた。

青木彩矢は十一月に俊介と別れてから、背中を押される様に須永亘と親密になり関係を持つと結婚を意識していった。

俊介程身体の相性は良くなかったが、優しい性格でこの人なら一緒に生活出来ると思い始めた。

三十歳ともなると友人やら同僚が次々と結婚するので、その刺激を受けて焦りも出てきたのは事実だ。

須永の一番の決め手は同じ栃木の出身で、現在は東京だが将来は栃木の工場に勤める事が条件で働いていたことであった。

三月になって須永は彩矢にプロポーズをした。

それまでに十二月にはディズニーランド、一月にはＵＳＪに泊まりで遊びに行って楽しんだ。

二月には俊介と行った河津桜見物に行き、下田の温泉に宿泊した二人。

俊介と遊んだ全く同じ道程を行った彩矢。

「彩矢さんは良い観光地を知っていますね！　この旅館も最高です！」須永は大いに喜んで楽しんだが、彩矢は多少俊介に未練を持っていたのかも知れない。

その後も俊介と楽しんだ観光地、旅館など数か所を須永と一緒に行ったのはやはり思い出と未練も心の片隅に残っていたのだろう。

二人はその年の六月に結婚をしたが、それを俊介は須永のフェイスブックで知った。

名前と顔だけは知っていた俊介は須永のフェイスブックを見つけては時々閲覧していたのだ。

だがこのフェイスブックの画像が俊介を完全に落ち込ませる結果となる。

同時期に携帯電話も新しくして指紋認証で画面を見られる様に変えた。

律子は俊介に見つからない様に、度々異なる暗証番号を入力しては調べていたがなかなか開けずにいた。

俊介が初恋である小学校の先生の誕生日を暗証番号にしていた事など律子に判る筈は無かった。

「春山さんどうしちゃったの？　元気は無いし営業でミスが多いし！」

六月に挙げられた結婚式のフェイスブックの画像を見てからは、同僚の女子社員にも言われる。

律子は疑いの目で俊介を見ているが、今年になってからは浮気の様子が全く無いので、あれは唯の寝言だったかもしれないとも思ったが、まだ気になっている事には変わりは無かった。

数日後俊介が会社の同僚に連れられて帰って来た。

「奥さん！　春山係長悪酔いされましてお送りしました」そう言って泥酔状態の俊介を玄関に運び入れた。

「すみません！　ご迷惑をお掛けしまして！　申し訳ありません！」平謝りの律子は娘の葵の手を借りて部屋に運び込む。

俊介は酔っぱらって話しも出来ない状態である。

ソファーに横たえるとワイシャツの胸ポケットから最近買ったスマートホンが転がり落ちた。

律子は不意に「葵！　水を持って来なさい！」と言って葵をその場から離れさせてから、俊介の指を持って携帯のボタンを押すと、携帯は指紋に反応して画面が開いた。

「お母さん！　お水持って来たわ！」

「お父さんに飲ませて頂戴！」そう言うと携帯を握ったまま二階の部屋に駆け上がる。

直ぐに彩矢の名前を見つけた律子は、直近の内容を読み始める。

何度かラインの送付が見られたが、全く彩矢からの返事が無いのが判った。

去年の十一月十五日まで遡ると『五年間楽しい時間をありがとうございました。お元気でさようなら、彩矢』の文章を見つけた時「お母さん！　お父さん水飲まないわ！」階下から葵が叫ぶ声がした。

「放って置きなさい！　その内起きるわ！」投げやりな言葉で返事をする律子。

更に続けてスマホを調べる律子は徐々に興奮して来ると、ラインの彩矢のページを削除してしまった。

1階に戻ると、俊介の無様な泥酔の姿を見ながら「このラインの通話で楽しんでいたのね！これでもう見る事は出来ないわ！」そう口走ると携帯を俊介の胸ポケットにねじ込んで、背広を脱がせたまま放置した律子。

「お父さん！　何故沢山お酒を飲んだの？　最近変だよね！」葵が不思議そうに言う。

「若い女に狂っているのよ！」

「えーお父さん浮気しているの？　不潔だわ！」

「そうよ！　不潔なのよ！　随分前から私達を裏切っていたのよ！」

「何故？　浮気しているお父さんが荒れるの？」

「若い女に逃げられたので、未練が一杯で荒れているのよ！」

「何よ！　それ！　最低！」葵は既に半分涙目に成っている。

「真剣に考えないとね！　明日実家のお母さんと相談して来るわ！」

「私もお母さんに付いて行くからね、不潔なお父さんと一緒に住めないわ！」そう言うと半分ベソを掻いて二階の自分の部屋に駆け上がって行った。

翌朝目覚めた俊介は昨夜のままの服装で驚いて「俺！　どうしたのだ？」と叫ぶ。

「酔っぱらって会社の人に担ぎ込まれたのよ！　覚えて無いの？　彩矢！　彩矢！　と叫んでいたわ？　彩矢って飲み屋の子？」と嘘をついて揺さぶる律子。

「えっ！　そんな事叫んでいたか？」そう言いながら胸のポケットから携帯電話を取りだして操作する。「……」真剣な表情に変わる俊介。

「ない！　ない！　なくなっている！」大きな声で叫ぶ様に言う。

「何が？　どうしたのよ？」

「だ、大事なメールが全て消えている！」悲痛な表情の俊介。

「得意先の人ならまた聞けば？　早くパンを食べてよ！　実家に行きたいのよ！」

「実家に？　今頃何か用事か？」

「そうよ！　とっても大事な用事が出来たのよ！　お父さんにもお母さんにも相談して来なければね！　遅くなりますから外で食べて来て下さい！　もしかしたら泊って来るかも知れないわ！」強い言葉で言う律子。

六話

律子の両親は二人とも教師で、退職後は塾を開いて繁盛していた。

律子の結婚当初は共働きの教師の家庭だったが、今では小倉市内に三か所の教室を持つ塾の経営者として成功している。

母親の喜子は、教師の資格を持っている律子に、「バイトに来て働かない？」と冗談まじりに実家に行く度に言う。

今日の律子はその母の言葉を思い出しながら実家に向かっていた。

俊介のラインの中を覗いてしまって、自分が愛されていない事を痛烈に感じてしまった律子は半ば錯乱状態であった。

元々見合いの成り行きで結婚した経緯があるので、一度不信感が芽生えると心の中に一気に広がってしまった。

葵を連れて小倉の実家に向かう律子の決意は固まっている様に見えた。


一方俊介はその日失意の底に居た。

彩矢とのラインの記録が全て消えてしまって、彩矢の手掛かりも話の記録も思い出の写真も全て削除されてしまったからだ。

自分が酔っぱらって誤って削除したと思っているので、そのショックは測り知れない。

土曜日だが係長の俊介は当番で会社に向かった。

頭の中は真っ白で、何故消したのだ！と嘆く事の連続で、飲み過ぎをとても後悔していた。

俊介は彩矢への連絡方法を探す事に必死になっていた。

中野に住んで居る事、出身が栃木、恋人が須永亘、それ以外に？「あっ、そうだ！　宮島のご祈祷の時、住所と名前を書いていた！　残っている！」昨年の十一月の事だからまだ一年も経過していない。

もう結婚している彩矢と連絡が出来てもどうするのだ？　心に問いかける俊介は、自分は何がしたいのか自分でも判らない。

唯、彩矢の声が聞きたい、謝りたい、話がしたい！　変な別れ方が気になって仕方が無かった。

「彩矢！　結婚おめでとう！　幸せになれよ！」そう言って別れたかったのかも知れない。

本心は彩矢の事が好きだったのかも？　妻も子もいる身なので自分の都合だけで付き合っていたのかも？　走馬燈の様に自分の本心と謝罪の気持ちが葛藤する俊介。

近日中に宮島に行き、祈祷の依頼文を確かめて、何とか彩矢の連絡先を探し当てようと思っていた。

一方小倉に行った妻の律子は両親に会うと躊躇していたが、娘の葵は祖父母に会うなり「お父さん！　不潔なのよ！　他の女の人と長い間付き合っていたのよ！」と泣き出して、祖母の胸に飛び込んでしまった。

いきなりの事に呆然とした祖母の喜子は「えっ、俊介さんが浮気を？」そう言って葵を抱きしめた。

「そうなのよ！　もう六年も前からなのよ！　私達は裏切られていたのよ！」

「六年も律子は気が付かなかったのかい？」

「上手に騙されたわ！」と悔しがる律子。

「お父さんが帰って来たら相談しなさい！　いつ帰って来ても大丈夫だからね！　六年も浮気する男は駄目だわ！」

「そうなのよ！　寝言で女の名前を呼ぶのよ！　最低でしょう？」

「見合いの時から、将来は浮気する男かも知れないと思っていたのよ！　律子が良いと言うから許したけれど、お父さんも心配していたのよ！」

「今頃？　よく言うわね！」

「まあ、旦那の浮気だから慰謝料は貰えるわ！」

「貯金それ程無いわ、家建てているからね！」

「ローン残っているのでしょう？」二人は既に離婚の話しになっているが、全く違和感を覚えない自分が不思議に思える律子。

元々律子以外子どもは居ないので、将来塾の経営を律子にさせる予定にしていたが、俊介に持って行かれたのが気に入っていないのだった。

父の森田公夫は、家に戻ってからその話を聞いて激怒した。「六年も前から愛人が？　そんな男、別れなさい！」と叫ぶ様に言った。

その後三人は綿密に話し合い、離婚の方向になったが、証拠は携帯の中の会話だけで浮気相手の顔も知らないのだった。

「律子が興奮して消してしまったのは大失敗だったな！　名前が彩矢だけでは？」

「ごめんなさい！　興奮してラインの履歴を削除してしまったの？　失敗？」

「あの男が相手の住所とか勤め先を知っているだろう？」

「それが少し変なのよ？　去年の十一月に別れている様だけど、それ以降連絡が取れていない様なのよ！」

「律子は相手の名前しか知らないのか？」

「はい！　つい興奮して……」

「律子！　それならもう少し辛抱して尻尾を掴まないと離婚は難しいぞ！　知らないと言われたら証拠が無い」

「えっ、もう顔を見るのも嫌だわ！」

結局三人は深夜まで話しあい、律子が我慢をして俊介の秘密を探る事になった。

嫌がる娘の葵を必死で説得して翌日の日曜日に自宅に帰って行った。

自宅に帰ると俊介が今週末急な出張になったと言った。

律子達の苦悩を全く知らずに、早速宮島に行こうと計画を立てていたのだ。

「何処に出張？」

「岡山！　急に頼まれたのでな！　日曜日には帰る！」

「そう、分かったわ」

「お父さん達元気だったか？」

「ええ！　塾が忙しくて講師が足らないので、土日だけでも手伝って欲しいと言われたわ」

「そうか？　夏休みになると忙しいから手伝いに行けばいいよ！　葵も一緒にな！」

「そうする！　両親も喜ぶわ！　ありがとう」作り笑顔で礼を言う律子。

早速今週末に何かをするかと思われる俊介の様子に、尻尾を掴んでやるわ！　と意気込む律子。

七話

律子の予想した通り、新幹線のぞみに乗り込む俊介。

連れがいる様な雰囲気は無いので、一人で一体何処に行くのだろう？　仕事？　待ち合わせ？　何処かで彩矢って女が乗り込んで来るのだろうか？　本当に岡山なの？


土曜日早朝から出掛ける俊介を見送ると、直ぐに尾行を開始する律子。

新幹線で行くのは判っているので、30分掛けてバスで行く俊介の先回りとしようとタクシーで駅に向かった。

縁の大きな帽子を深く被りバスの到着ターミナルで待つ律子は、探偵になった気分だ。

岡山だと言ったが嘘の可能性が高いと思っている。

律子は色々と考えて、七割程度の乗客で埋まった自由席の直ぐに移動出来る場所として通路側を選んで座った。

自由席なので小倉駅で俊介の隣の席には年寄りのお爺さんが座った。誰も来ないのだと理解する律子。

律子の隣にも中年の男性が座って、殆どの席が埋まった。

次は新山口、広島、岡山だが、一応岡山までの切符を握り締めて絶えず俊介の座席を見つめる律子。

本当に岡山に行くのだろうか？　新山口を過ぎた時にそう思う律子は緊張からトイレに行きたくなったので、俊介の横を通らない反対側の車両のトイレに行った。

トイレから戻ると同時に広島駅に新幹線は滑り込む。「広島ね！」窓の外を見て口走る。

席の在る号車に戻ると向こうの方に俊介の後ろ姿を発見した。「えっ、ここで降りるの？」と慌てて反対側の乗降口に向かう律子は、もう少し遅かったら逃げられていたと安堵した。

荷物が殆ど無かったので助かったが、着替えの入ったバックを持って急いで降りる。

「やはり嘘だったわ！」

岡山では無く広島で降りた俊介は、ＪＲ山陽本線の乗り場に向かう。

何処に行くの？　待ち合わせの気配は全く無い様だわ？　下りのホームに向かう俊介。

一番線に次に入って来る電車の案内表示を見ると、岩国行きになっている。

「岩国？　戻るの？　絶対に仕事ではないわ」俊介は一度も律子の方を見る事が無い。

俊介は、どの様に神職の人に話して尋ねるか？　変な聴き方をすると怪しい人に思われても困ると、色々な聴き方を考えていたが、一向に纏まらなかった。

電車がホームに滑り込んで来ると俊介はそれに乗り込んだ。

すかさず律子も隣の車両に乗り込んだ。何処に行くのだろう?と思った時、車内放送が宮島口に到着する時間を放送した。

「あっ、宮島！」あのラインの日にちは、宮島のもみじ饅頭を土産に持って帰って来た日だわ！宮島で彼女と再会するのね！　とっさに気付いた律子はそう決め込むと力が入った。

宮島で彼女と再会して何処かに泊るのだわ、バッチリ写真を撮って証拠にするわ。

行き先が判ったのでひとまず安心する律子。


しばらくして俊介は予想通り宮島口で電車を降りた。

律子も続けて降りて改札で切符を精算するが、行き先は決まっているので慌てず、遅れても大丈夫とフェリー乗り場に向かう。

俊介の乗ったフェリーの次の便に乗り込む律子は、宮島から先は行き場がないので見失う事は無いだろうと思った。

大きな朱塗りの赤い鳥居が洋上に見えて、近づくとシーズンオフにも拘わらず大勢の参拝客が居るのが見えた。

律子は取り敢えずフェリーを降りると、大きな朱塗りの鳥居を目指す事にした。

次々と人を追い越して早く俊介に追いつかなければと必死に歩いた。

初めて訪れた律子には意外に土産物店が多く、観光客も多数とわかり焦ったが中々俊介の姿を見つけられない。


その頃俊介は厳島神社の切符売り場に着いて順番を待っていた。

前に並ぶカップルの会話が聞こえる。

「義彦さん知っている？」

「何を？」

「このお宮はね、恋人同士で二回訪れると神様が嫉妬して二人を別れさせるのよ！」

「えー本当なの？　じゃあ二度と参拝出来ないのか？　僕達！」

「何言っているのよ！　違うわ！　次は結婚して参拝に来れば大丈夫よ！」

「それって本当なのか？」

「有名な話よ！　私の知り合いも二組別れたわ！　でも結婚して参拝に来た友人は今も幸せよ！」

「そうなの？　今年の紅葉時期は無理だから、来年の紅葉には結婚してから二人で来ようか？」

「えっ、それってプロポーズ？」

二人の会話を聞いた俊介は唖然とした。

俺は彩矢と二年連続で参拝したな！　それも帰り道で別れたのだ！

じゃあ、もう彩矢とは巡り会えないのか？　失望の中参拝の券を買って回廊を歩く俊介。

去年、一昨年と紅葉の時期に来たが、初夏の宮島も悪い景色ではないと思いながら大勢の人の後を歩く。

途中で先程の話を思い出しながら本当だよな！　二年連続参拝に来たからな……。

厳島神社まで数分の場所の旅館に泊ってここに来たら、彩矢が感動して「何度も参拝したいわ！　素晴らしいわ！」と嬉しそうに写真を何枚も撮っていたことを思い出した。

あの時は潮が引いてあの大きな鳥居の下まで行ったな。今日は一昨年船に乗った時と同じで満潮だ。

最初に来た時は弥山に登って楽しみ、鹿と遊ぶ彩矢はとても楽しそうにしていた。

去年は鹿に餌を与えて遊んでいる写真を写して欲しいと、スマホを預けられた。

祈祷で何をお願いしたのだろう？　須永亘との結婚をお願いしたのだろうか？　目の前の鳥居を見ながらぼんやりと考えていた俊介。

その俊介の姿を律子が見つけたのはその時だった。

「あっ、あそこで誰かを待っているのかな？」独り言の様に言う。

俊介の見ているのは大鳥居だが、大鳥居に近づく人は誰もいない。

一人でここに何を？　律子は寂しげな俊介を見て考えた。

彼女との思い出を？　それだけの為に宮島に来たの？　女々しいわね！　そう思った時俊介が急に歩き始めて本殿の方向に向かった。

律子も後を追い掛けて回廊を急いで歩くと、俊介が神職の人に何か話しているのが見える。

しばらく話していたが、肩を落としてとぼとぼと出口の方に歩き始めた。

律子は直ぐに俊介が話していた神職の人のところへ駆け寄り「すみません！　先程の男性は何を尋ねましたか？」と不躾に訪ねた。

「貴女何方ですか？　その様なことは関係の無い方に話せません！」

「すみません！　彼は私の主人なのですが、最近ノイローゼで自殺するのかと心配で内緒で付いて来たのです！　何を話しましたか？」

「奥さん？　あの人ノイローゼ？　でしょうね！　変な事聞きましたよ！」

「何を聞いたのですか？」

「去年の十一月十五日にここで祈祷を受けた青木彩矢って女性の住所が知りたいと言うのですよ！」

「去年の十一月十五日、青木彩矢？」律子は驚いて言葉を失ってしまった。

八話

律子が呆然としていると、神職の男性が「個人情報ですからね、簡単には教えられませんよ！勿論判るのですが、事件とかでなければ教えられません！」

「そうでしょうね！　ご迷惑をおかけしました」

「御主人のノイローゼ早く治ると良いですね！」律子は御礼を言ってその場から去った。

だが俊介の姿はその後見失ってしまい見つける事が出来なかった。

私がラインの記録を消したから、ここの記帳履歴を調べに来たの？　違うわね！　初めから住所は知らないのだわ！　去年この宮島に二人で来て喧嘩別れをしたのだわ？

だがそれは同時に俊介が青木彩矢を愛している証しだと思う律子。

律子は心に深い傷を受けた。

結婚してからの約三分の一の期間も妻を裏切り、別れた女を捜す為にこの様な事をする俊介なのかと驚くと同時に青木彩矢に嫉妬している自分に気が付く。

もう俊介を捜す気力も失せて、虚しい思いで帰路に……。


夜、律子は娘の葵に俊介と離婚する決意を告げた。

翌日両親にも離婚の意思を伝えると、逆に喜ばれて「慰謝料の代わりに自宅を貰いなさい！」とアドバイスを受けた。

俊介の母親が一人で博多に住んでいるので、追い出してもその家で母親と暮らすだろうとの考えだ。

両親は「家を貰ったら直ぐに売って小倉に戻って来なさい。マンションを塾の近くに買うからそこで生活して講師をして欲しいわ」そう言って次の生活の段取りまで話した。

「家を売ったお金は当分の生活費に使って良いの？」

「勿論よ！　葵を良い学校に入れて賢い婿を迎えて森田塾を継いで貰うのよ！」

「お母さんの考え凄いわね！」

「これからは少子化が進み、子供の教育費には糸目を付けない時代になるから、繁盛は間違いないわ」そう言って決めつける。


翌日の夕方疲れた様子で帰宅した俊介。

「岡山の出張どうでした?」

「どうって?」

「大きな赤い鳥居の近くに病院か薬局が在るの?」

「大きな赤い鳥居?」不思議そうな顔で聞き返す俊介は全く気が付いていない。

「夏休みに入ったら実家の塾の手伝いに行きますからお願いしますね!」

「えっ、急にどうしたの?」

「塾が忙しくて講師が不足しているのよ!」

教師をしていた両親は、一人娘は嫁がせたら、老後は二人で旅行でもして年金で暮らす予定だった。

父の公夫は、教師を退職した時に塾を経営していた先輩が癌で入院したのでその間手伝った。

だが先輩はそのまま他界したので、後を託された公夫はその塾の経営をする事になった。

二年後、教職の妻も退職したので森田塾と名称を改め一緒やることになった。その後は商才が有ったのか、生徒数も増加し、塾は三か所に拡大した。

「俺は夏休みの間葵と二人か？」

「葵は一緒に行くわ、環境に慣れさせないとね」

「どう言う意味だ！」

「将来小倉に住まなければ、塾は出来ないでしょう？」

「いつから塾の経営をする話しになったのだ？」

「だって、両親が歳行ってからでは遅いでしょう？　もうお父さんも六十代の後半よ！」

「律子の両親は経営の才能が有ったのだな！」嫌味の様に言う俊介。

「あなたは一人で羽を伸ばせるから良いでしょう？」

「……」無言の俊介。

これが二人の別居の始まりになるとは、この時の俊介は知る筈も無かった。

いきなり離婚を言い出さず徐々に慣れさせる方が、葵の為に良いとの両親の勧めに乗った律子。


相変わらず俊介はもやもやした気分で仕事に出掛ける。

夏休みに入ったら東京に行きたいが、今は既に東京営業所が在るので会社の用事で行く事は出来なくなっていた。

本当は俊介自ら東京営業所の勤務をしたかったが、流石に言い出せなくて他の社員二人が東京勤務となっていた。

自前で夏休みに東京から栃木に行く予定を立てたが、何も目処がある訳では無い。


彩矢は既にアパレルの会社を結婚退職して、須永亘の転勤を機に栃木に引っ越す準備に入っていた。

地元ではパートをして家計を助ける計画をしていた。

それは、子供が生まれるまで働いて子供が生まれたら子育てに専念したらよいとの須永の両親の勧めである。

だが彩矢自身は子供を直ぐに産みたくないので、結婚前からコントロールをしていたのだ。

それは亘も彩矢の家族も誰も知らない。

彩矢は弟が脳に障害があるから子供に遺伝するのでは?の不安があるからだった。

弟は小さい頃から野球が好きで、障害者のチームで外野手をしている。

しかし、弟の事以外にも子供が産みたくない思いが、自分ではわからないが心の中に潜んでいた。

夏休みに入ると律子は、「じゃあ、行って来ます！　火の始末だけは気を付けてね」とだけ言って、車に段ボール五個の荷物を積み込み、葵を連れて小倉に行ってしまった。

テーブルには封筒に入れられた僅かなお金が置かれていた。

律子と葵が居なくなり一人残された俊介は、より一層彩矢の事を思い描いては眠れない日々が続いた。

盆休みに東京と栃木に行って、須永と彩矢の足跡を捜す予定にしている。

手掛かりは何も無いが、そうしなければ耐えられないのが今の俊介の気持ちだった。

その日から記憶を頼りに、出会いから別れまでをノートに綴り始めた。

律子が居たら出来ないことだが、一人なので自由に書く事が出来る。

キャバクラでの出会いは今でも鮮明に覚えている俊介。

日記の様に書き始めるが、既にその日時さえも定かでは無い。

九話

順序立てて書き始める。

キャバクラで三度会ってから居酒屋そして初めて関係を持った。

その後は笛吹き川温泉、能登半島へのドライブ、北海道旅行二泊三日、九州一周二泊三日と次々と思い出す。

東京のホテルで過した事も何度もあるが、記憶に残っているのは遠方に行った事の方が多い。

思い出して少しずつ書き留めていくと、五年間以上の彩矢と過した日々を書いていた。

これらのことが一気に離婚に進むとは考えてもいなかった。

盆休みに栃木へ行こうと不在している時に、丁度葵が学校の宿題の資料を探しに自宅に戻ってきた。

テーブルの横に葵が使っている大学ノートが無造作に置いてあった。

「お父さんが触ったのか？」と思いながら手に取ってパラパラと見る葵。

「何！　これ？」驚いた葵はそのまま大学ノートを持ち帰った。

東京で、特別宛ての無い俊介は初めて彩矢と同伴した懐石料理の店『きむら』を訪れる。

「お久しぶりですね！」店主が覚えていて声をかけた。

「久しぶりなので、昼定食をお願いします」

俊介はこの店で何度か昼の定食も食べたことがある。

店は昼の客が引いて一段落している時で、店主も少し手が空いたのと俊介が久々だったので話しかけてきた。

「この前一緒に一度いらっしゃった女性の方、先週いらっしゃいましたよ！」

いきなりの言葉に「えっ、どの女性かな？」と聞き返した。

「お連れになられた女性は一人だったと思いますよ！　他の方は全員男性でしたよ！」

「ああ、そうでした！　その女性は誰かと一緒でしたか？」

「三人で来られました！　お母さんの様な方ともう一人は同世代の男性でした！」

「夜ですか？」

「夜でしたよ！　懐石を召し上がり、片付けも終わったとか話されていましたね」

「片付けが終わった？」

「引っ越しじゃあないですか？　お付き合いされていると思っていたので、店に入って来られた時は驚きましたよ」

俊介は東京初日から偶然彩矢の足跡に触れて興奮していた。

男性は須永亘で、もう一人は彩矢の母親か、須永の母だろう？　引っ越す？　栃木に帰ったのだ！

東京の最初の店で収穫があった事が嬉しい俊介。

「親父さん！　よく彼女を覚えていましたね！　もう六年も前の事ですよ！」

「そりゃ、お連れになられた唯一の女性でしたからね。それに美人だったのと、雷雨で帰れなくて困られたから印象に残ったのですよ！」

「美人ですよね！」嬉しそうに言う俊介。

「何故別れたのですか？　中々良い娘さんでしたのに！」

「親父さんには言っていませんでしたね！　僕には妻子がいるので、簡単には彼女をつなぎ止められませんよ！」

「不倫だったのですね！」

「キャバ嬢ですよ！」

「えっ、キャバ嬢？　そうは見えなかったな！　先週の姿は若奥様って感じだったな！」

「生活費に困って一、二か月ほどキャバ嬢をしていたのですよ！　例の学資ローンって恐いシステムでね！」

「じゃあ、彼女の恩人だったのですね！」

「恩人って言う関係では無いですよ！」

「でもね、人は苦しい時に助けて頂いた恩は忘れないし、心に残るものですよ！」

「そんなものですか？」

暇になったのと久しぶりに会った懐かしさで、懐石料理店『きむら』の店主は立ち入った話をしてくる。

「彼女楽しそうでしたか？」

「私が見た感じではあの二人は仕方無く一緒になったって感じですね」

「そんな事判るのですか？」

「店が一杯でカウンターに座ってもらったので、話が時々聞こえたのですよ！」

「どの様な話しですか？」

「女性が東京を離れるから、最後にここの料理を食べたいと連れて来た様ですね」

「彼女何度か来たのですか？」

「いいえ、一度来られただけですよ！」

「それだけで……」

そこまで話した時、客が三人入って来て、店主は厨房に消えた。

俊介は、ここの店主はよく客を観察しているな？　でも一度自分が連れて来ただけなのに、彩矢が東京の思い出にこの店を選んだのは？　もしかして自分の事を今でも思ってくれているのだろうか？　そう思うと嬉しくなり、店を出て他の思い出の場所に行く事にした。

その頃、律子の手に思い出を書いた大学ノートが渡り「お母さんこれを見て！」と喜子に見せた。手を震わせて受け取り読み始める喜子。

「何よ！　これはあの男の……直ぐに別れなさい！　これがあれば大丈夫よ！　離婚は確実だわ！」

「コピーを取って俊介にわからないようノートは元に戻すわ。そして月末に話をする！」

このノートが決定的な離婚の証拠になる事は確実だ。

六年前のキャバクラの出会いから、数回の旅行地とその印象が詳細に書かれたノートの中には、一部ＳＥＸの相性の良かった事まで書かれていた。

中学生の葵にしたら驚く様な内容も含まれていたが、敢えて葵は口にしない。

「お父さんは不潔！」その一言に思いが込められていた。

「一緒に住みたくないわ！　お母さんもう家に帰らない事にしてね！」泣きながら言うのが精一杯の抵抗だった。

何も知らない俊介は、当ての無い捜索の旅を終えて、二泊三日で帰って来た。

その数日後、ポストにサインと捺印された離婚届けが入っていた。

「これ？　送り主も何も書いて無いな？」そう独り言を言いながら封筒を開いた俊介は、その場で凍り付いた。

十話

離婚届けと一緒に大学ノートのコピーの一部が同封されていて、理由はお判りですねと書かれていた。

「このノートを見られたのか？」机の傍らにあるノートを見る俊介。

これを見たら怒るだろうな！　離婚か？　この数ヶ月間彩矢の事を絶えず考えていた自分を振り返り、崩れた笑みが溢れた俊介。

確かに廻りから見れば気が付くだろうな？　彩矢に去られて抜け殻の様になっていた自分に気付く。

しばらく考えて受話器を持つ俊介。

律子が電話口に出ると「分かった！　条件を書いて送ってくれ！　悪かった！」と一方的に告げると躊躇無く電話を切った。

律子も俊介の切羽詰まった様な声に何も喋る事が出来なかった。

六年間裏切られていた自分に対しては、俊介の気持ちが無い事が直ぐに判ったからだ。

電話を終わると母の喜子が「あの男何て言ったの？」

「何も言わないわ、条件を書いて送って欲しいだって、浮気じゃあないのね、本気だった！」

そう言うと律子は目に涙を溜めて無言で二階の葵の部屋に駆け上がって行った。

葵と抱き合うと一気に二人はすすり泣き、その声は階下まで聞こえて来た。


数日後、自宅を慰謝料の代わりに欲しいので速やかに自宅を出てと書かれた便箋が一枚入った封筒が送られてきた。葵は律子が引き取る事も同時に記載されている。

彩矢との事が妻と子供にも知られてしまった以上、何も反論は出来ないと俊介は覚悟をしていた。

その翌日から自分の物を整理して、車で母の家に運び始めた。

母は一言「律子さんと別れるのかい？　教師の家だからね！　一段高いよね！」この様な事が起こると予測していた様に言った。

数ヶ月前にも「律子さんの実家、塾を開いて繁盛している様だね！　お金が出来ると色々欲が出るからね！」と意味ありげな話をしていたのだ。

葵は二学期までは福岡で、来年1月から小倉に転校する事で話が纏まり、年内に離婚する事に決まった俊介と律子。

既に俊介は会社に東京営業所への転勤願を出していた。

会社としては現在の所長も地元に戻りたい意向も強かったので、むしろ開拓した俊介が東京営業所に行く事はありがたいので快く承諾してくれた。

俊介は、来年から東京営業所の所長としての赴任が決定した。

営業所長と言っても、地元東京で採用した女子社員の荒木則子が一人いるだけで、事務所は俊介の住居も兼ねたマンションである。

当初は男性二人と事務員一人だったが、一人は直ぐに退社した。

東京で採用しても中々勤まらないのは、給与が福岡基準なのが原因だと分かっているが、給料の地域格差は全社員の給与に影響するので、簡単には上げる事が出来ない。

俊介には東京で再び彩矢に会える可能性もある事が嬉しい。まして住むところもある。

彩矢は東京を離れて栃木に行ったと判っていても、何処かで会える気がしていた。

２０１４年1月俊介は東京営業所へ転勤し、律子と葵は小倉の実家に移った。

自宅はほどなく売却に出された。

一方須永亘と彩矢の夫婦は、亘の母親と彩矢の両親の両方から早く子供を作れとしつこく言われるようになっていた。

「彩矢さんも三十歳を超えているのだから、早く孫の顔を見せて下さいよ！」

結婚して一年半が経過して催促の様に言う亘の母親真弓。

自分の母親雅美にも言われるが、言いにくそうに「淳君の事があるから気になって……」と彩矢。

「大丈夫よ！　先生も遺伝はしないだろうって言われたわ」そう言って安心させる。

それでも彩矢は内緒で避妊を続けている。


東京に引っ越して俊介は再び懐石料理の店『きむら』を訪れたが、店主は「東京の所長さんになられたのなら、時々来て下さい！」そう言って微笑むだけで彩矢の話はしない。

「あの、彼女はあれから立ち寄りましたか？」

「いいえ、あれからはお越しになりませんよ！」その言葉に落胆する俊介。

その後、彩矢と行った数件のホテルに行ったが、ホテルでは誰も覚えていない。

食事とかコーヒーを飲んだ店にも行ったが、見たと言う情報は皆無だった。

時間を見つけて栃木まで行ったが、栃木も広いので何の手掛かりの無い状況では捜す事も出来ない。

新幹線で小山、宇都宮、那須塩原、新白河の駅近くを散策したが手掛かりは全く無い状況。

それでも懲りずに時間があれば足が向かってしまう俊介。


時間は容赦なく流れ、年末近くになった時、彩矢にも事件が起こっていた。

隠れて飲んでいた避妊薬を須永の母親真弓に見つかってしまったのだ。

「こ、これって！」驚いた表情で尋ねる真弓。

「すみません！　弟の淳の事があったので、どうしても子供を産むのが恐くて……」

「遺伝は無いと先生にも言われたでしょう？　亘と相談をして決めた事なの？」

「……」俯いて何も言わない彩矢。

「亘も知らないのね！」と怒り始める真弓。

この日を境に家族間に隙間風が吹き始める。

実家の両親からも、何故その様な事を独断でするのだ！と強く叱られてしまった彩矢。

年が越えた２０１５年、いたたまれなくなった彩矢は、離婚を申し出た。

「そうね、子供も産まない嫁は要らないわ！」真弓は強い口調で彩矢に言う。

亘は間に入るが、両親側に付くので、離婚が決定的になった。

実家の両親も彩矢が避妊薬を飲んでいたことから、仕方なく離婚を承諾したが、彩矢を自宅に迎え入れる事は無かった。

三十二歳の彩矢は自分で生活をしなければならないので、再び東京に向かう事になる。

栃木の田舎では人目があるが、東京なら後ろ指を指されずに生活が出来ると思った。

だが、何の資格も特技もない彩矢には、昔の仕事の続きしかなかった。

十一話

両親にも見放されて、一人東京に戻った彩矢は婦人服の販売員を始める。

だが生活は苦しいので、以前住んで居たアパートよりも安い古いワンルームのアパートで生活を始めた。

姉の彰子も去年結婚したので、転がり込む訳にはいかない状況だった。

今度は本当に中野に住み池袋の職場に向かう彩矢。

化粧品を買うお金も節約する彩は、店員仲間から「もう少し化粧でもして、明るくしなければ陰気くさいわ」と陰口を言われる。

生活のために以前のようにキャバクラで働こうかと考えるが、今の年齢では熟女系の店なら入れるだろうと思う。昼間の仕事の終わりが遅いので両立は無理なのが現状だ。

仕方なく、僅かな蓄えを食いつぶしながらの生活を送ろうと考えていたが、数日後遅い時間に働けるスナックの求人を見つけたので面接に行ってみた。

出勤時間が早い日で九時、遅い日は十時、深夜は二時まで働く事が出来るとのことで漸く節約すれば生活が出来る様になった。

どこで歯車が狂ってしまったのか？　俊介に須永との写真で問い詰められた勢いで、須永と結婚してしまったが、ただ単に地元の栃木に住める事に安堵感を持っただけなのかも知れなかった。

両親と同居する肩身の狭い生活の上、子供を早く作れとの催促に徐々に嫌気が増してきたのは事実だった。

既に初夏の風が吹く五月の中旬になっていた。

この頃俊介は彩矢を探す事に疲れが出てきていた。

どうしても見つからないな？　たとえ彩矢を見つけたところで戻って来る保証は何処にも無い。

彩矢は、恐い顔で何も言わずに喫茶店を出て行ったのだから、私のことなど既に忘れて、今頃は子供も生まれて幸せの絶頂にいるかも知れない。

今更捜してどうする？　毎日自問自答していた。

大学ノートも色々な事を思い出して書き綴るので、かなりのページが埋まっていた。

夏に入った時、パソコンを触っているとふと小説の投稿サイトを発見した。

素人が詞とか小説などを投稿して楽しむ場所の様だ。

もう彩矢を捜す事は諦めて、彩矢との思い出を小説にしてこのサイトに投稿して残してみようか？　実名は出せないが偽名なら良いかもしれない？と学生時代には自分で小説を書いて楽しんでいたこともあった俊介は思った。

もしも彩矢が見てくれたら、彩矢で無くても彩矢を知っている人が見て伝えてくれたら自分の気持ちが伝わるのでは？　そう思い始めるが、現実にそんなことがあり得ない。もしあればまさに奇跡だとは思っていた。

だけど、一度思いついたら書かずにはいられなくなった俊介。

題名は「遠い記憶」に決めたが、題名を考えるだけで、登録してから一週間が経過していた。

確かに初めて会ったのは２００７年の秋なのだから、既に八年が過ぎ去っていた。

主人公は青山綾子に置き換えて、自分は夏木俊介にした。

それは彩矢が読んだ時、自分だと知って貰う為だが、流石に本名は書く事が出来ない。

キャバクラはスナックに置き換えて、自分の仕事は食品の卸問屋の営業にした。

俊介は思い出を噛みしめながら、書き始めるが中々投稿はしなかった。

恥ずかしい気持ちと、本当に彩矢の目に触れるのだろうか？　実際は思い出を文章に残す事だけが目的だったはずだと思い直して書く。

スナックの名前に「青い鳥」と命名した俊介。

二十四歳の綾子は学資ローンの返済の為にスナックに勤める。

出勤初日に偶然夏木俊介が取引先の社長を連れて店を訪れる。

俊介が初めて彩矢に会った印象が細かく繊細に書かれていた。

それは本当に好きでなければ絶対に書けない文章になっている。

髪型、スタイル、仕草が八年前の彩矢そのものを詳細に綴られていた。

何度も何度も思い出す度に俊介の頭に彩矢の姿が鮮明に蘇って、一挙手一投足まで書かれている。

ビールが好きで飲む姿を表現する場面では、喉仏をビールが流れる瞬間まで描いていたのだ。

勿論、初日にあった彩矢の描写ではないが、その後何度も思い出す度色々な場所での彼女の特徴ある飲み方が表されていた。

三か月掛けて四百字詰めの原稿用紙二十五枚を書き上げた時、投稿してみたい気持ちに傾いてきた。

十月の初め、思い切って投稿サイトに自分の小説「遠い記憶」を投稿した。

自分の文章がネット上に掲載される事は、ある意味不気味で、知らない誰かが読んで文句を言うかもしれないと不安も過ぎった。

数人が読んでくれたのだろう、既読の数が記載されるとなんとなく嬉しく俊介。

他の人の作品を見るとそこには天文学的な数字が並んでいたので、興味をもって人気の作品を読んでみるが、何が書かれているのか良く理解出来ない文章だった。

「これは若い人の作品なのだ！　自分は既に四十代半ばになっているから、全く違うのだ！」

そう理解して投稿した一話で様子を見ることにした。

翌日期待してサイトを覗くと、二十人程の人が読んでくれた様で、嬉しいやら恥ずかしいやら複雑な気持であったが、二話目を投稿した。

書き進めて六話目を書いているころ、感想が送られて来た。

それは「実話ですね！　この綾子さんの事が大好きだった事が伝わりました！　最後まで楽しみに読ませて頂きます」と書かれていた。

俊介はもっと嬉しくなり「ありがとうございます。頑張って書き続ける支えになりました」と返事を送った。

何処の誰か分からない、多分女性だと思うが、この女性の感想に支えられて俊介は六話目をスムーズに書き始められた。

六話目は笛吹川温泉のシーンで、自分が初めて明るい場所で見た彩矢の裸体の美しさを表現した。

成人向けではないので、際どい描写は出来なかったが、それでも細かく臀部の曲線、乳房の膨らみを自分なりに表現した。

八年も前なのに鮮明に覚えている自分がある意味恐いと感じた俊介。

翌日の二話は三十五人が読んでくれた様で、何だか読者が身近に居る様に感じられた。

その日から、時間があればひたすら文章を書き続ける様になっていた。

最初の人が再び感想を寄せて「綾子さんって幸せですね！　これ程細かい部分まで見て貰って、私もこの様な男性と恋がしたくなりました」と感想が届いた。

十二話

感想をくださる方は洋子という名前だった。その後も俊介は感想が届く度に洋子に返信を送った。

いつしか何処の誰か分からない洋子さんという人の感想を心待ちにする様になっていった。

五話を投稿した頃から、既読数が徐々に増え始めた。

ここまでくると益々嬉しくなってきた俊介だが、若者向けのファンタジー小説の既読数に比べると微々たる人数である。

洋子さんは一話が投稿される度に感想を書いて送ってくる。

どの様な人だろう？　年齢は？　独身？　感想文を見ている感じではそれ程若い人ではないような気がする。

投稿間隔は約一週間開けていた俊介、それは今後の書く時間を考えてゆっくり投稿していたからだ。

六話目位から洋子は、文章の書き方やアドバイスをしてくれる様に変わってきた。

どの様な人なのだろう？　誰にでもこの様なアドバイスをするのだろうか？　そう思いながらも洋子さんのアドバイスに従い俊介は書き直した。

修正しながら七話目を投稿した時、年末のあわただしさと修正の為投稿間隔が開いてきたので、既読数が殆ど増えない状況になっていた。

それでも洋子のアドバイスに沿って八話目と九話目を一月に投稿すると、洋子から『とても良くなったわ、元々内容は素晴らしいと思ったのですが、書き慣れていない様なので出しゃばりましたごめんなさい！』と感想が送られてきた。

二月に十話目を投稿してから急に既読数が上昇して、俊介が驚く三桁の数字が刻まれる様になった。

既読数はその後もどんどん上昇して、三月には日に六百人とか七百になった。

それで更に俊介は気合いが入って、書くスピードもアップしていった。

２０１６年四月には遂に日に一千人の大台に乗り、感想も何人もの人から届く様になった。

逆に洋子からは感想を込めたアドバイスが極端に減ってしまった。

俊介が投稿しているサイト名は『エブリディ』と言い、それ程大きなサイトではないが比較的真面目な作品が多い。

急に読者の数が増えたのには実は理由があった。

それは、アドバイスをくれていた洋子である。

洋子は阪和大学文学部准教授、葛城洋子、年齢は43歳であった。

洋子は投稿サイト『エブリデ』の顧問の様な仕事をしていて、良い作品を見つけるとアドバイスをして作家を育てている。

沢山ある作品を全て読む訳では無いが、初めての投稿者とか興味がある題名の作品を時々見ている。

俊介の作品は洋子の目に留まり、題名にも興味を持ってアドバイスを始めたのだ。

そして洋子は授業で学生に読む事を勧めたので、一気に既読者数が多くなったのだ。

この作品を読んだ人は、作者？　主人公の綾子に対する思い、思い出が滲み出て作品の中に引きずり込まれると言い、特に女子学生には人気があった。

最初は返信をしていた俊介だが、感想や応援のサイト内メールが多数来るようになり、対応できないくらいであった。

俊介は、彩矢が読めば分かる様に自分のペンネームを春木一夫としていた。

彩矢を青山綾子にして、姉青山美子、両親は青山富雄と節子、野球の好きな弟は青山敦にしている。

勿論、妻と娘も夏木律子と藍とした。

律子の名前は、他に思いつく名前が浮かばずそのまま使って、両親は森本君夫と佳子とし、コンビニの経営者で元銀行員の設定だ。

彩矢が結婚した相手が須藤豊で、全く情報が無いので両親が資産家の設定としていた。


偶然にも、四月にその阪和大学文学部に娘の葵が入学した。律子や祖父母は、将来の塾の経営を継がせる葵の地位を確立させる為に、有名なこの大学の文学部に入学させたのだった。

葵は、律子が下宿させて貰うように頼んだ大阪の親戚の家から通学する事になっている。

親戚とは父公夫の妹の嫁ぎ先である。

妹も塾の株主に名前を連ねているので、協力する事を惜しまなかった。

その妹の娘の猿橋梨花も葵と同級生で、同じ阪和大学文学部に入学したので従妹でありライバルでもある。

葵と梨花は時々しか会わなかったが、昔から仲が良いので、葵には環境も最適な下宿先であった。

「阪和大学の文学部卒なら、将来塾の社長になっても充分だ！」公夫は入学が決まった時、葵と律子に言った。

「塾の社長が三流大学では生徒も集まりませんから、葵には頑張る様に言いましたよ」と律子は嬉しそうに話した。

私立でも有名な大学で、地方の国立大学に行くくらいなら阪和大学に行った方が良いと言われている。

律子は鼻高々に入学式に同行して行った。

親戚の猿橋梨花と五人で入学式に向かうと「残念ね！　元御主人は娘さんの入学はご存じなの？」猿橋梨花の母に言われた。

「まだ葵が中学の時に離婚してからは一度も会っていません！　本人も会いたがらないので、勿論私も合わせたくないし、話しもしたくありません！」と恐い顔で答える律子。

梨花の母は大変まずいことを言ったしまったと後悔する程の律子の不機嫌さであった。

入学式で准教授の葛城洋子が紹介されると「有名な方ですよね！　テレビにもコメンテーターとして出演されていますよね！」近くで囁く声が聞こえる。

「葵、あの准教授のゼミを受けなさいよ！　将来塾がテレビＣＭする時に役立つかも知れないからね」

「えー、お爺さんの塾そんなに大きくないわ」

「馬鹿ね！　私が社長になったら大きくして、葵が社長になる時にあの先生を使ってＣＭするのよ！」

「お母さん、それならあの教授お婆さんだわ！」そう言って笑ったが、律子は笑いもせず本気な顔をしているので、葵は呆れてしまった。

確かに塾の経営は順調で、今年入塾希望の学生も断るほど盛況であった。

父親の公夫から「将来葵に良い婿を迎えれば福岡にも塾を開いて大きくしたいな！　その為には必ず良い大学に行って、良い婿を探して塾を大きくしなさい」と言われて受験した国立大学は受からなかったが、私立では有名であるこの大学には何とか入ることが出来た。

葛城洋子のゼミは人気が高く難関だったが、葵は見事選ばれた。しかし同じこのゼミを希望していた凜花は外れた。

それで、葵の将来は前途洋々だと家族全員が大いに喜んだ。

十三話

葵が大学に通い始めた頃、青木彩矢はスナックの仕事と昼間の仕事で忙しく働いていた。

彩矢は、昼間の仕事は立ち仕事で休憩も取れず、規則正しい食事もできない。昼間の仕事が終わると直ぐにスナックに飛び込み、客の勧める酒を飲んでいた為、過労による風邪を患い倒れてしまった。

病院では「規則正しい生活をして、食事も規則正しく食べて下さい。この様な生活を続けていたら、大病に成りますよ！」と強く言われても今の生活をする為には夜のバイトは止めるわけにはいかなかった。

昼に勤める婦人服の店は十時開店、夜のバイトのスナックが終わって自宅に帰り着くのは、遅い時は早朝の四時になることもあるので、睡眠時間は極端に短い。

婦人服の店は遅番と早番が有り、遅番の日は夜婦人服の店を出るのが九時を過ぎる。

俊介は、投稿を初めて半年以上経過しているが、それらしき感想文も入らないので、彩矢を知っている人も本人も全く読んでいないと思う。

日に千人以上の人が読んでも中々彩矢の元には届かないのだと思った。

彩矢は本を読む人だったかな?と遠い記憶を蘇らせると、何処かで待ち合わせの時に単行本を読んでいた事を思い出す。

この小説が完成した頃に巡り会えるのだろうか?　その様な空想が次の文章を書き続ける力となっていた。

「どうしたの？　その頭？」婦人服店の同僚が三日間の休み明けに出勤してきた彩矢の髪型を見て驚いて言った。

「イメージチェンジよ！」

「それってチェンジし過ぎだわ！」

彩矢がセミロングの髪から短いショートの髪型にしたのは、髪を乾かさずに眠るのが原因で風邪をひいたと思ったからだ。

疲れて少しでも早く眠りたい彩矢は、乾かす時間も節約したい事情も有った。

その夜、スナックのバイトに5日ぶりに行くと、同僚もママも彩矢の変身に驚く。「お客の島田さん悲しむよ！　彩矢の黒髪に惚れていたのに」

島田とは、彩矢を目当てにやって来る五十代の税理士の男で仕事以外私生活は殆ど不明だ。

復帰早々ではあるが、彩矢は昼間の仕事が休みの日に合わせて、スナックの仕事も休みたいとママにお願いした。医者が休養をした方が良いと言うので、昼の仕事が休みの水曜日をスナックも休む事にしたのだ。

この休みでスナックの出勤日が週五日になれば、多少身体が楽になると思った。

奇しくもスナックの名前は、俊介の小説に出る『青い鳥』と似た『赤い鳥』という名前だ。

店で一番仲の良い弓子が十時に入店してくると、彩矢の復帰を喜んだと同時に髪型に驚いて

「失恋？」と大きな声で言った。

「まさか！　その様な時間は無いわ」

「島田先生今夜は来ないのかな？　驚くのに！」

「二日前に来て残念そうに帰って行ったわ」

その様な話をしていると、しばらくして本当に島田先生がやって来た。

「今夜も彩矢さんは休みか？」店内を見渡して言うと、続けて「新人の子が入ったのか？」

奥のボックス席に彩矢を見つけて言う島田先生。

カウンターに座ると弓子がおしぼりを手に「彩矢今夜は来ていますよ！」そう言って笑顔でおしぼりを手渡す。

「トイレか？」トイレの方向を見る島田先生。

「それより、久々に新人が入ったらしいな？」

「何処に？」

「誰も新人は入っていませんよ！」

「あそこのボックスに！」

「あの子は彩矢さんですよ！　間違えたのね！」そう言って笑う弓子。

「えっ、黒髪でセミロング？　超ショート？　えー」驚く島田先生。

しばらくして「島田先生！　いらっしゃいませ！」彩矢が目の前に来ると、尚更驚く島田先生。

「どう？　似合う？」そう言って一回転して見せる。

「何故？　その髪型に？　ぼ、僕は前の方が良かったな！」

「シャンプーに時間かかるし、ドライヤーの時間も長いから思い切って切ったの！」

「でも切り過ぎだろう？　男と変わらないよ！」

「でも当分美容院行かなければ、節約出来るわ」

「彩矢さんの節約は分かるけれど！　そこまでしなくても良いだろう？」

「先生がお金出してくれるの？」

「同伴もアフターもしてくれない彩矢に僕がか？」

「先生！　彩矢は誰とも同伴もアフターもしてないのよ！」弓子が横から教える。

「ちょっと待って！　来週から水曜日が休みになったから、火曜日の夜ならアフターは出来るかも？」

「ほ、ほんとう！　それなら是非僕と！」

「先生！　奥様もお子様もいらっしゃるでしょう？　もしも好きになったら困るから……考えるわ」

「僕は独身だよ！　今も昔もずーと独身！」そう言って胸を張る。

「本当ですか？　知らなかったわ！」二人が声を揃えて言った。

「だから、良いだろう？　記念すべき最初のお客に僕を！」

「何か買って下さるの？」弓子が横から強請る。

「何が欲しい？　弓子には買わないが、彩矢には何でも買ってやろう！　何が欲しい！」

「わあー大きく出たわね！　流石税理士先生！」弓子が言う。

結局来週の火曜日のアフターを約束して、プレゼントはその時迄に考える事になった。

二時間程楽しんだが、客が増えて彩矢が他のテーブルに着いたので島田先生は帰って行った。


俊介の小説は綾子と楽しい旅行のシーンから一変して、妻の律子の知る事になり、主人公が家を追い出されて実家に行くシーンに移る。

別れてから本当に好きだった事を思い知らされる主人公、逆に愛されていなかった事を知った律子の怒りが描かれている。

俊介は時間が経過して、自分の行った行為が律子を傷つけたと考える様にはなっていたのだ。

十四話

翌火曜日、予定通り島田先生は嬉しそうに『赤い鳥』にやって来た。

「待っていたわ！　先生に買って貰いたい物はドライヤー」

「ドライヤー？　そんな安い物で良いのだな！」

「だってドライヤーが壊れたから、髪の毛切ったのよ！」

「えーー」驚く島田先生。

乾かす事が出来なくて風邪をひいたと思っていた彩矢。

確かに古いドライヤーが壊れて、それさえも中々買えない彩矢。

ワンルームマンションには小さな冷蔵庫、小さな箪笥、小さなテレビ位しか無く、質素な生活をしている。

少しでも蓄えを増やして、自分が年老いた時の為にと貯蓄をしている。

両親が年老いたら弟淳の面倒を自分が見なければならないと考えていた彩矢は、もう結婚もする事は無いと思っていた。

姉の彰子が結婚して幸せに暮らすには、弟の淳を自分が引き取る事が使命の様に思うのだ。

須永と結婚した理由には、将来実家の近くに住めば面倒を見る事が出来ると思っていたこともあった。

だが、須永の家族は淳の病気が遺伝しないのか？　その事ばかりを言うので彩矢は毛嫌いしていた。

「ドライヤーで良いのなら、最高級品を買ってやろう！」スナックが閉店になる前に二人は近くの寿司屋に入った。

今夜は早番だった彩矢は二時に店を出る事が出来た。

店は二時で通常は閉店だが、片付けとか遅い時間まで居る客で遅い時は三時まで営業している。

「初めてだな！　彩矢と食事に行くなんて？」嬉しそうな島田先生。

「当たり前でしょう？　同伴もアフターも私初めてよ！」

「嬉しいな！　自分で好きなドライヤーを買いなさい！」そう言って財布から五万円を取り出して手渡す島田先生。

「本当にこんな高いドライヤーを買って良いの？」

そう話しながら入った寿司屋も深夜営業の店では高級店だ。

「美味しいわ！　こんな美味しいお寿司食べたのは何年振りだろう？」そう言って涙ぐむ彩矢。

「おいおい、寿司を食べて涙流すなよ！」その姿に驚く島田先生。

彩矢は、高級寿司は俊介と昔食べた北海道の寿司以来で、その光景を思い出して涙を流していた。

今頃は奥さんと娘さんと3人で幸せに暮らしているのだろうな？　あの時何故別れてしまったのだろう？　そう考えると涙が止まらない彩矢。

「どうしたのだよ！」驚く島田先生。

「わさび、私わさびに弱いのよ！」泣きながら言い訳をする彩矢。

寿司など久しぶりで、インスタントラーメンを食べる回数の方が断然多かった。

この夜を境に島田先生と彩矢は何度かアフターに行く様になった。

彩矢は、貰ったお金で安いドライヤーを買って、残りは貯金をした。

この東京の空の下に俊介も住んでいるとは考えてもいない。

俊介の住んでいるのは、両国の東京営業所兼住まいにしているマンションだった。

俊介の投稿小説は口コミで人気が高まり、次の話を心待ちにする読者の感想が驚く程届く。

だが相変わらず早くても一週間に一話のペースでの投稿にしている。

小説では妻律子の実家は、コンビニ大手のフランチャイズ店を五店舗運営して大成功している設定だ。

　家を追い出されて実家に身を寄せている主人公に、同情のメールが届く。

　俊介の小説では別れた綾子は資産家の妻になっているが、心の何処かで今も主人公の事を思っている。


　五月になって葛城洋子が新入生にも、『遠い記憶』を読む様に勧める。

　既に知っている学生もいたが、改めて内容を簡単に説明する。

　この日葵は授業を休んで、病院へ祖母の見舞いに行っていた。

「恥ずかしいわよ！　わざわざ大阪から見舞いに来て貰って、今頃この歳で盲腸になるなんて考えもしなかったわ」喜子は見舞いに来た葵に言った。

「この様な機会で無ければ戻れないわ！　おばあちゃんの元気な顔を見て安心した！　明日帰るからね！」

「今夜は自宅で食事かな？」

「久しぶりだから、お爺ちゃんと三人で食事よ！」

「甘えて何か買って貰いなさい！　何か欲しい物ないの？」

「そうね……！　彼氏かな？」と笑いながら答える葵。

「それは大丈夫よ！　お爺さんがお眼鏡に適う、葵の好きな旦那様を見つけるわ、だから今は一生懸命に勉強しなさい！」祖母に言われて照れ笑いで病院を後にした葵。

彩矢の勤めるスナックの友達の弓子が、歳の離れた妹が大阪から東京に来るので遊びに連れて行くので休みをくださいとママに頼んでいた。

ディズニーランドに二人で泊って遊ぶのだと言った。

「母が再婚して妹が産まれたので、私と十歳離れていてまだ大学生なのよ」

殆ど一緒に暮らしてなかったが、妹は可愛いので再三東京に遊びにおいでと誘っていたようだ。

「弓子さん大丈夫よ！　私が遅く迄働くから楽しんで来て！」彩矢は一日休みを貰える様になったので元気を取り戻していた。

島田先生とのアフターで多少気分的にも財政的にも余裕が出来た事も大きい。

葵は小倉から大阪に戻ると、受講出来なかった分を取り戻そうと友人に授業の内容を教えてもらった。

「それからね、葛城教授の推薦のネット小説面白いわよ！」

「えっ、葛城先生ネット小説を読まれるの？」

「そうみたいよ！　先日の授業の中で『エブリディ』ってサイトの中の小説を推してたようよ」

「私一度もネット小説を読んだ事ないわ！」

友人の真理子が、自分の携帯から投稿サイトを画面に出して「これだわ！　このサイトの中の『遠い記憶』って作品がお勧めなのよ！」

「でも素人の作品でしょう？　何故？」

「それが面白いのよ！　繊細で作者が主人公の女性が好きだってよく分かるのよ！　葵も読んで見なさいよ！」葵は気乗りしなかったが、真理子から詳しくサイト名と作品名を聞かされた。

十五話

俊介自身この小説の結末をどの様にするか？　全く決めていなかった。

ただ彩矢との思い出を書きたかったのと、自分の気持ちを出来れば彩矢本人に伝えたいだけだった。

勿論その中には、別れるまで気が付かなかった自分の家族の話しも含まれている。

葛城洋子は作者の恋人に対する思いが繊細に赤裸々に綴られていることに興味をそそられ、不倫がどの様に家庭を崩壊させていくか？　これ程リアルな作品はないと思って読んでいた。

葵は真理子に勧められたので仕方無くサイトを捜して「この作品なの？　作者が春木一夫？　臭い名前ね！　一夫だって？　昔の名前と一字違い？　山と木？　変なの？」独り言を言いながら読み始める。

「主人公が俊介？　お父さんと同じ名前じゃん！　不潔な名前は同じなのね」

また独り言を言う葵。

「何よ！　奥さんの名前が律子なの？　お父さんとお母さん！　全く同じだ！　子供が葵ならお笑いだね！」とひとりで呟きながら読み進めて、顔色が変わったのは三話目を読み終えた頃だった。

一話目だけ読んだら終わろうと思っていたが、俊介と律子が気になって読み続けてしまった葵。

時間も忘れて次々と読み続ける葵は、半ばパニック状態に変わっていた。

「これって、お父さんが書いたの？　それしかないわ！　大変だわ！」そう口走るとスマホを電話に変更して律子にかける。「お母さん！　早く電話に出てよ！」呼び出し音に苛立つ葵。

授業中の為、葵からの電話が分からない律子。

今では教壇に立つようになった律子は、教師も板に付いてきて中々評判が良い。


一時間後、再三着信履歴のある葵に電話をかける律子。

「お母さん！　何故直ぐに出ないの！」怒る様に言う葵に「授業をしていたのよ！　小学生の授業！　急用なの？　何度もかけて！」

「大変なのよ！　お父さんが、お父さんの小説、小説が日本国中に、お母さんの悪口が」

「何を訳の分からない事を言っているの？　お父さんって誰？」

「私のお父さんよ！」

「不倫のお父さん？　どうして小説なのよ？　あのひと薬屋よ！　関係無いわ！」

「ネットの小説にお母さんと私の事を書いているのよ！」

「馬鹿な事を！　あのスケベーで女の尻を掻く事はあっても小説が書ける話は聞いた事ないわ！　そんな事で興奮して何度も電話したの？」

「だって私達の事、あれ程詳しく書ける人他にいないわ、主人公が俊介、愛人が綾子、主人公の妻は律子よ！　子供は藍って私の事よ！」

「偶然でしょう？　作者は？」

「春木一夫、お爺さんもお婆さんも出て来るよ、森本君夫と字は違うけれど佳子よ！　こんな偶然無いでしょう？」

「……」絶句する律子。

「何処に載っているの？」気になった律子が尋ねると、サイト名『エブリディ』と題名『遠い記憶』を伝えた。

直ぐにサイトを探し始めた律子だが、夜の授業が始まる時間になった。

心の中ではまさか？　あの俊介が小説を書いた？　一度も見た事はないわ？　でもあの大学ノート。苛々して教えられる状態でなくなった律子は、塾生たちにプリントを配布して要点だけを話した。

授業が終わると直ぐに携帯を飛び付く様に持つと、例のサイトを検索して目的の『遠い記憶』を必死で捜す。

煩わしいログイン登録で益々苛々する律子は「葵の見間違いよ！　あのスケベー浮気男が小説？　信じられないわ！」と独り言を言いながらやっと目的の小説に辿り着いた。

「遠い記憶？　春木一夫？」そう読みながら顔色が変わる律子。

しばらく読むと「これ何よ！　あの人に間違いないわ！　恥さらしが！　馬鹿じゃないの！」

既に読む手が震えている。「許せない！」スマホを電話に変えると、俊介に電話をする。

丁度次の話を書いている最中だった俊介は着信を見て「えっ、律子！　葵に何か有ったのか？　そんな事では電話はかけないよな！」と着信音を聞きながら無視する。

大学生になっているから、合格の知らせではないよな！　そう考えていると呼び出し音は十数回鳴って切れた。

だが、しばらくして再び着信音が鳴り響く「お前の両親が亡くなっても俺には関係無いからな！」携帯に怒る様に言う俊介。

三年以上連絡も無い元妻からの再三の電話にうんざりして、三度目が鳴った時「何用だ！」と携帯を耳にあてる。

「何変な物を書いているのよ！　直ぐに削除しなさいよ！　名誉毀損で訴えるわよ！」

「小説の事か？」

「実名で私を書くなんて最低！　早急に削除して下さい！　分かった！」それだけ言うと直ぐに電話を切る、俊介の言葉など聞く耳は無かった。

その日も沢山の読者から、感想と激励、これからどうなるのか？との質問が届くと次の話を投稿していた。

久しぶりに洋子から『上手に書ける様に成りましたね！　この後クライマックスに向けてどの様に展開するのか楽しみです。頑張って下さい！』と感想文が届いていた。

「もうすぐ彩矢にも届くのに、今更辞められない！」独り言の様に言うと、次の話を書き進める俊介。

その頃律子は両親に相談して、対策を考えていた。

公夫は、まずはそれを取り敢えず読んで、本当に律子と葵の事を書いているか？　それが直ぐに分かるか?を確かめると言う。

スナックの友人弓子は歳の離れた妹とディズニーランドで遊んだ後、ホテルに泊っていた。

「お姉さん！　最近学校で話題になっているネット小説の主人公の勤めているスナックの名前が、お姉さんの店によく似た名前だわ」

テーブルに置いた店のライターを見て言う。

「何て名前なの？」

「青いカラスよ！　お姉さんの店も赤いカラスでしょう？」

「馬鹿ね、この字は鳥よ！　烏はこれ？」ボールペンで書いて「似ているけれど違うのよ！」

「そうなんだ！　同じ字に見えたわ！」

「スナックの話しなの？」

「お姉さんも読んでみたら？　面白いわ！　多分この作者、主人公の彼氏だね！　もの凄く細かい事まで書いているのよ！　女子大生の間では流行っているのよ！」スマホを見せる桜田里央。

「面白いか？　少し読んでみよう」スマホを取り上げて読み始める弓子。

十六話

歳の離れた妹がどの様な事に興味を持っているのか？　好奇心から読み始めた弓子だがしばらくして首を傾げ始める。

「お姉さん！　どうしたの？　この様な不倫の話は嫌い？」

里央が尋ねると「この綾子って主人公、私の知っている人にそっくり！」

「何が？　小説では顔は分からないし、姿も見えないのに何故そう思うの？」

「ビールの飲み方、喋り方仕草が本当にそっくり！　恐い程だわ！　細かい顔の感じも襟足の感じまで似ているわ」

「そんな！　この小説のモデルがお姉さんの知り合い？　嘘でしょう？」弓子の言葉に驚く

里央。

「読んでみるわ、私のスマホで出して貰える？」

弓子は自分のスマホを差し出すと里央がサイトを探し出してアップした。

その間も里央のスマホで読み続ける弓子。

「青い鳥と赤い鳥？　これも意図的なの？」店の名前まで知っていて書いているの？　気味悪く感じる弓子。

もしかしてこの作者、彩矢のストーカーなの？　でもその様な話は聞いた事ないわ、結局途中まで読んで、他人のそら似だと考える事にした弓子は妹と楽しんでいた。


翌日律子の父公夫が読んで「律子これは完全に名誉毀損だ！　強く言って削除しなければ弁護士に頼んで訴えると言いなさい！　本当にけしからん！　私がコンビニのオーナーになっているのも我慢が出来ない！」

「そうでしょう？　俄成金が離婚に力をかした様な書き方でしょう？」

「最後まで読む気にもならん！　即刻通達しなさい！」

「今夜もう一度連絡して削除する様に言います！」

「駄目なら会社に通告しなさい！　営業を隠れ蓑にして小説を書いているとな！　会社に言わ

れたら流石に困るだろう？」

「お父様！　名案ですわ！　首になったらどうする事も出来ないでしょう？」

「この中に出て来る綾子が例の彩矢だな」

「そうです、青木彩矢ですよ！　人妻の様ですが居場所は知らない様ですね！　それでこんな小説を書いた様ですわ」

「人妻に未練を持っているのか？　馬鹿な男だ！」

律子は俊介の仕事が終わる頃に電話をする事にした。

律子は、俊介が東京営業所の所長になっている事を知らないので、星原の時の状況で考えていた。


夜律子の電話に中々出ない俊介、用件は小説の削除だと判っているので話をしたくないのだ。

三回目の電話で漸く電話に出る俊介。

「考えてくれたでしょうね！　まだ掲載されているわ！」

「名前も違うし、お前だと誰も分からない！」

「律子って私の名前よ！　忘れたの？　勝手に使って許せない！」

「お父さんもご立腹よ！　何がコンビニのオーナーだ！と怒っていらしたわ！　兎に角明日夕方六時迄に削除しなければ、法的に訴えるとお父さんが言っていたわ、既に弁護士にも相談していますのでね！」

「えっ、弁護士に？」

「慰謝料の請求は確実よ！　勿論私も葵も慰謝料の請求をさせて貰うわ！　今夜一晩よく考える事ね！」

「それ程悪くは書いてないと思うけれどね！」

「何言っているの？　私が貴方を身ぐるみ剥いで追い出した事になっているわ！　あなたは六年も私達を裏切って不倫していたのよ！」

「……」

「青木彩矢って女に逃げられて、取り戻す為に僕は君が好きだ！って、小説で訴えているの？　馬鹿じゃないの？　既に結婚して子供も二人位いるわよ！　未練たらしい！　兎に角明日の午後六時ですよ！　分かったわね！　過ぎると裁判になるわ！　覚悟しなさい！」それだけ怒鳴る様に話すと一方的に電話を切った律子。

直ぐに事情を葵に電話する律子。

「お父さん泣いていたでしょう？　お母さんの怒り凄いからね！」と葵が言った。

「学校でこの小説読んでいる子多いの？」

「あの有名な葛城洋子先生が推薦したらしいわ」

「何故？　知名度の高い先生があんな駄作を推薦したのよ！　葵一度調べて！　先生は俊介と知り合いなの？」

「その様な事はないと思うわ！　お父さん福岡で先生は大阪でしょう？　会う事もないでしょう？　偶々じゃ？」

「兎に角調べて見て、裁判になったら有名人の力は大きいからね」

律子は元夫の小説を何故有名な葛城洋子准教授が推奨するのか？　それが理解出来なかった。

最終通告された俊介は続きが書けなくなった。

どうしよう？　彩矢が見つけてくれると思っていたのに、元妻律子に先に見つかり裁判になるかも知れないと言われて頭を抱える俊介はその夜は一睡も出来なかった。

翌日弓子は土産を持ってスナック『赤い鳥』に出勤した。

「お休みを頂いてありがとうございました」土産をママに差し出す。

「彩矢さん今夜は何時出勤だっけ？」時計を見ながら言うと「今夜は九時からの日だから、もう直ぐ来ると思うけど、どうしたの？」

「昨日遅く迄頑張って貰ったから、特別に土産買って来たから」

その様な話をしていると客が二人入って来て、早番の女の子は客の所に行った。

その後もお客が二人入って来て、九時五分前に彩矢が小走りで店に飛び込んで来た。

彩矢の姿を見つけた弓子は駈け寄り「昨日はありがとう！」と御礼を言うと同時にメモ書きを手渡した。

「何？　これ？」

「ネット小説サイトの場所！」

「ネットの小説？　何？　デビューしたの？」

「違うわよ！　何度読んでも貴女の事を書いていると思ったのよ！　だから気になって、一度読んで見て！」

「遠い記憶って題名なの？　私知り合いに作家とか文章書く人はいないけどね！　後で見るわ！　ありがとう」首を傾げながら着替えに向かった彩矢。

十七話

真夜中の二時、お客が空いて弓子が「見た？」そう言って彩矢に駆け寄った。

「忙しかったからまだ見てないわ」そう言ってスマホを持つ彩矢。

投稿サイト『エブリディ』は直ぐに出て来て、作品名を入力するが全く反応が無い。

しばらく触っていると弓子が「読めた？　似ているでしょう？」そう言ってトイレから戻って来た。

「それがその様な名前の作品に辿り着かないのよ！」

「うそ！　私のスマホ持って来るわ」しばらくして「ほら、ここにあるでしょう？」スマホの画面に『エブリディ』のアイコンを見つけてタッチして「あれ？　ない、なくなっているわ」

「作者は？」

「作者はね一夫、苗字何だったかな？　主人公の女性が青山綾子で男性の方が夏木俊介だったかな？」

「えっ、俊介！　本当に俊介って主人公なの？」

「確かそうだったわ、俊介さんに何か心辺りがあるのね」

「どんな内容か教えて？」

「帰ってから本気で読もうと思っていたから、流し読みしただけよ！　でもこの綾子って女性の細かい仕草とか表情の描写が彩矢と瓜二つなのよ！　それで気になって教えてあげようと思ったの！　何か気になるの？」

「覚えている場面を教えて！」

「そうね、この二人は不倫ね！　別れても俊介は綾子の事が忘れられないのよ！　奥さんに不倫が見つかって追い出されるのよ！」

「奥さんの実家って金持ち？」

「コンビニを五店舗経営していたかな？　本当に心辺りのある話なの？」

「いいえ、少し興味が湧いたのよ！」と誤魔化したが彩矢が大きく動揺しているのは弓子には判った。

「明日になったら、更新されて読めるわ！　私も読むわ」

「奥さんの子供さんは女の子が一人よね！」執拗に聞き出そうとする彩矢。

「読んでないのに何故知っているの？　中学の女の子が一人だったわ」

徐々にこの作品を書いた人が俊介の関係者の可能性が高いと思いだした彩矢。

俊介が小説を書くなんて話は一度も聞いた事がなかったからだ。

もしかしてこの作者は自分を探しているの？　弓子の話を聞く限り主人公は綾子に惚れて昔

を懐かしみながら色々な場所に行く様だ。

明日になれば読めるので、正確な事が判るだろうと思いながら、自宅に帰るがなかなか寝つけない。


昨夜再び俊介に電話をした律子。期限の六時を過ぎても削除する気配が無いので、律子の親父が電話をしてきてやっと削除に同意させたのだ。

三時間遅れて午後の九時に削除された。

彩矢がログインした時間に丁度削除作業が完了していたのだ。

「二度とこの様な事はやらない様にな！　会社にも迷惑がかかり、君も仕事を失う事になる」

釘を刺され無念の気持ち一杯の俊介は、その後酒を浴びる様に飲んで、行きつけの居酒屋の店員と客に運ばれて家に帰った。

「彩矢が見つけなくて、何故鬼嫁が見つけた！」大きな声で叫ぶ俊介。

翌日から様子を探る為に公夫は探偵を雇って、俊介の自宅付近の調査をする程念を入れていた。

今、スキャンダルが表に出ると塾生が激減するのは確実だから、慎重になっている。

翌日から投稿サイト『エブリデイ』にはメールが殺到した。何故読めなくなったの？の問い合わせに運営者は異例の『人気をいただいていました遠い記憶は作者の都合により投稿が中止されました。詳しい事情は全く把握出来ません』の文章を表紙に出した。

俊介はそのサイトをもう見る事が無くなっていたので、騒ぎを全く知らない。

その翌日に「彩矢！　ごめんね！　作者の都合で投稿を削除したって、表紙に書かれていたわ！」

と弓子が彩矢に謝った。

「私も見たわ、運営も分からない様だったし」

「全てメールのやり取りだから、何処の誰が何処から投稿しているかも分からない様だわ」

「本人宛にメールは送っている様だけど返信が無いのでどうする事も出来ないらしい」

「あの小説の作者は彩矢の恋人だよね！」

弓子にズバリと言われて赤面しながら「違うわ！」と答えた。

「不倫していたのよね！　誰にも言わないから安心して！　男の奥さんに見つかって別れさせられたのでしょう？」

「違うわ！　私が彼を振ったのよ！」

「えー嘘でしょう？　彼は貴女の事が忘れられなくて、小説にして訴えているのよ！　このまで良いの？」

涙目を上に向けて彩矢は「運命よ！　もう遠い記憶なのよ！」そう口走るとトイレに走って行った。

弓子は今でも彼の事が好きなのだと確信したが、翌日も次の日もサイトに小説が復活する事は無かった。


公夫は調査会社からの資料を見て「東京営業所の所長をしているのか？」と驚いた。

調査員は「東京での様子も調べますか？」

「そうだな！　一応調べておいた方が今後の為にも良いだろう」

公夫は俊介の行動の把握に力を入れた。

そして律子に「あの男既に東京に行ったそうだ！」

「えっ、女をもう捜し出したのかしら？」

「一応今の生活を調べて貰う様に手配した！」

「あの彩矢とかいう女とだけは一緒にさせないわ！」

「その女は結婚しているのだろう？　あの男の元を去ってからな！」

「青木彩矢が何処の誰かは全く知らないのよ！　どうやら俊介も知らないのでしょう？　不倫だからお互いが知らない方が良いと、小説にも書いていたわ」

「だが、あの小説で捜し出したかも知れない！」

「もしも、その様な事になっていたら許さない！」恐い顔になる律子。

毎日必ずサイトを覗いては溜息を漏らすのが彩矢の日課になっていた。

その彩矢は、更なる不幸が訪れるとはこの時考えてもいなかった。

十八話

夏が終わる頃公夫の元に調査会社の男がやって来て「社長さん！　あの春山俊介には女の影はありませんでした。これが調査書です」と分厚いレポート用紙をテーブルの上に置いた。

「結論から申しますと、仕事が終わると殆ど毎日近所の居酒屋に行きます。場所柄相撲関係者が多く、話し相手も下っ端の力士が多いですね。女の影は全くありませんでした」

「一ヶ月以上調べても、仕事を終えると飲み屋通いだけか？」

「少し前までは小説を書いていて、殆ど夜は自宅に籠もっていた様ですがね」

「なるほど！　女の影も無いのだな！　もう調査は良いだろう！」

「この青木彩矢って女も捜しましょうか？」

「手掛かりが何も無いだろう？」

「それを捜すのがプロの仕事ですよ！　時間と費用はかかりますが捜せない事はありませんよ！」

「本当なのか？　あの男より先に捜し出して会えない様にして貰えたら助かる！」

藪内という探偵は、公夫が金づるだと分かり、縁を切るのを躊躇ったのだ。


葛城准教授は、学生から「推薦の小説突然削除になって読めません！　面白かったのに何とかならないのですか？」と大勢の学生から質問攻めに合っていた。

葛城准教授も運営と同じで、登録のメールに伝言を送る以外に手立ては無く、二日に一度はメールを送っていた。

だがサイトそのものを削除している俊介はそれを見る事は出来ない。

自分が推薦した責任も感じている葛城准教授は、新たな捜索方法を模索していた。

削除された初夏が過ぎ秋も過ぎ、冬の到来が近づいた頃、彩矢も完全に諦めて昼間の仕事とスナックの仕事を頑張っていた。

相変わらず週に一度か二週間に一度、島田先生に誘われて夜の食事に行く事も日課の様になっていた。

三十五歳の誕生日を迎えて直ぐに『淳がインフルエンザを拗らせて昨日死亡』の呆気ないメールが彩矢に届いた。

父の泰三からの簡単な文章に呆然とする彩矢。

将来自分が面倒を見ようと考えていたのに、弟の早すぎる死は彩矢から完全に気力を失わせてしまった。

『直ぐに帰ります！』メールを返信すると簡単な物を持って東京駅に向かった。

何処をどの様に歩いて来たのか分からない程気が動転している彩矢。

化粧も何もしていない涙目の彩矢、その姿を九州福岡の本社での会議を終えて戻った俊介が見つけた。

大きな声で「彩矢！」と叫ぶが、改札が混雑して中々通過出来ない俊介。

彩矢は東海道新幹線の出口に来た様で、間違いに気づいて東北新幹線の乗り場に向かって足早に消えてしまった。

俊介は、漸く改札を出ると、直ぐにＳｕｉｃａで東北新幹線の改札に入る。

下りのやまびこに飛び乗った彩矢を追い掛けて、荷物をぶら下げ階段を駆け上がる俊介。

ホームに上がった時、無情にも新幹線の扉は閉まり二度と開く事は無かった。

髪は以前に比べて短く化粧をしていなかったが、間違い無く彩矢だったと確信する俊介。

しばらくして冷静になった俊介は彩矢の行き先は遠くではないと思った。

遠いならもっと早い（はやぶさ）とかに乗る筈だ！と思ったが、次の電車で追いついても既に下車しているのではと俊介は諦めるしか術が無かった。

でもあの姿は、何か急用だったのだ！　栃木の小山、宇都宮、那須塩原、そのいずれかの駅で下車すると考えていた。

でも今見た彩矢の姿はとても幸せには見えなかったと思った。

髪の毛は以前より極端に短くて化粧も殆どしていない。

服装も質素だったと、脳裏に焼き付いた先程の姿を思い出す。

幸せには程遠いと決めるまで時間は要さなかった。

先程の姿を思い出すと、栃木に住んでいるのではなくて東京に住んでいるのだ。

何か急用で慌てて栃木に帰ったのだと決めつけるが、次の策は何もない俊介。

でも俊介には数年振りに見た彩矢が益々新鮮に映って、自分が恋していることを実感した。

その後俊介は、途中で放り投げた小説の完成に力を注ぎ始めた。自分の小説の中だけでも彩矢を蘇らせ様としたのだった。

実家に帰った彩矢は「淳君！　起きてお姉さんが帰って来たよ！」遺体に縋り付いて泣き声も涸れる程泣いていた。

姉夫婦が来たのは翌朝で、主人の仕事の関係で昨夜は来られなかったと言い訳をした。

通夜から葬儀も家族葬にして、殆ど弔問客もなく「淳君！　寂しいね！　ごめんね！」彩矢一人が絶えず淳の亡骸から離れなかった。

両親も障害者の子供の葬儀を盛大にする事は避けようと、ひっそりと行うと決めていた。

「まだ、三十歳だよね！　淳君、天国で彼女を見つけて幸せになってね！」納棺の時に彩矢が泣きながら言うと、母の雅美は堪らず号泣した。

生まれてから障害者と判って、苦労をして育てた時間を走馬燈の様に思い出していた。

淳の葬儀から戻った彩矢は抜け殻の様になっていた。

「弟さんが亡くなったって聞いたよ！　これ少ないけれど」島田先生が彩矢に御佛前をそっと手渡したのは、翌週の火曜日の夜だった。

「先生！　ありがとうございます！　何か元気の出る物を食べさせて！」

「よし、アフターに行こう！　一杯食べたら元気が出る！　河豚にするか？」

「えっ、河豚を食べさせて貰えるの嬉しい！」今夜の彩矢は淳君の事を忘れたかった。

深夜の町に歩き出す二人、彩矢は外の寒さもあるが心が寒くて、珍しく島田先生と腕を組んで抱きつく様に歩いていた。

島田喜一は、彩矢が本気で自分の事を好きになってくれたと思い始めていた。

彩矢の短かった髪はいつの間にか伸びて、ショートボブにセット出来る程になっていた。

「彩矢のコートは寒そうだな！　良いのを買ってやろうか？」

十二月の深夜を歩くには彩矢の着ているコートは似合わないと思った島田先生。

「河豚を食べたのはいつだったかな？」と食べ始めた彩矢は遠い記憶の中を捜して急に涙が溢れて来た。

十九話

俊介と山口から山陰に行った時に食べた事を思い出していた。

「河豚で感動して、涙を流されると僕が辛いな！」驚いて言う島田先生。

島田喜一先生は店では税理士先生と呼ばれているが、公認会計士で税理士を数名抱えて渋谷で中規模の会計事務所を経営している。

結婚していないという話は嘘で、過去に結婚は一度したが僅か二年で別れて独身だった。

ＫＳ会計事務所の看板が渋谷のビルに設置されたのは十年以上前で、結構有名な会計事務所だった。

河豚料理の店で「彩矢の髪も少し伸びたから美容院に行ったらどうだ？　ドライヤーも買ってやったから風邪も大丈夫だろう？」

「でもこの数ヶ月、自分で前髪切るだけだったのよ！　伸びた？」

「まだまだ前の様な髪型は無理だろうけど、弓子の様な髪型には出来るだろう？」

「ボブが好きなの？　先生は？」

「今は余りにも自然過ぎるだろう？」財布から一万円札を取り出す。

「じゃあ、今度の水曜日に行って来るわ！　浜松町のリステッドホテルで食事ご馳走して貰える？」

「えっ、夕方の食事か？」驚いて尋ねる島田先生。

「こんなに色々して頂いて、何か御礼を……」口籠もる彩矢。

「何が食べたい？　ステーキか？　和食か？」

「隣の棟に懐石料理のお店で『きむら』って店があるの、そこで食事がしたいな」

「おやすい御用だ！　何時にする？」嬉しそうに尋ねる島田先生。

「六時で如何ですか？」

「分かった！　予約しておく！」

「明日朝は仕事があるので、八時には出ますが宜しいですか？」

「私も仕事だから、一緒に出よう！」張り切る島田は漸く自分に気を許してくれた事を喜んで楽しい気分になった。

彩矢は、例の投稿小説も気にはなったが、不確実で俊介が本当に自分を探しているとはとても思えなかった。

最愛の弟淳君が死んだ今、気の抜けたビールの様な心境を支えてくれる何かが欲しかった。

一方の俊介は久々に見た彩矢が夢の中に現れては「たすけてー」と叫ぶ事があった。

それは東京駅で彩矢のやつれた姿を見たからだが、それが本当に彩矢だったのかも疑い始める。

いつも彩矢の事を考えているので、幻影を見たのかも知れないと思う。

彩矢を見てからは小説が書けなくなっていた。

彩矢は自分が思い描いた結婚をして、子供も産んで幸せに暮らしていると信じていたからだ。

あの質素な服装にあの髪、化粧っ気のないやつれた姿は小説の結末に繋がらないと思い始めて、完全に止まってしまったのだ。

幸せに暮らす彩矢に巡り会って「凄いわ！　小説を書いてくれたのね！　私も本当はあの時俊介さんの事好きだったのよ！　ありがとう！」そう言われて嬉しくなる自分の姿を想像していた。

今は誰の目にも触れる事が無い小説だが、書き始めたので最後まで完成させようとしていたのだが、完全に挫折した。


公夫は探偵の藪内にその後の調査の進捗状況を尋ねた。

適当に調査費用を頂こうと思っていた藪内は、意外な催促に慌てて星原の東京営業所を見張る事にした。

何か成果を伝えなければ、調査の依頼を打ち切られると思い焦る。

両国の事務所兼マンションに入る荒木則子の姿を見つけたのは、張り込みしてから三日後だった。

毎日決まった時間にマンションを訪れるので、藪内は気が付いたのだ。

十五軒程のマンションなので、それ程沢山の人の出入りは無い。

事務所兼のマンションに使っているのは、一階の三軒程で他の階は全て住居のみだった。

三十代後半の荒木則子は美人では無かったが、藪内探偵にはそのことは問題ではなかった。

いかにも可能性がある風にレポートを作成して、写真を写せば時間稼ぎになるからだ。

その日から、この荒木則子の監視と尾行を始める。写真も撮りたいがなかなか近くには寄れない。


十二月の中旬の水曜日、久々に美容院に行った彩矢は伸びた髪を弓子の様なショートボブにして、居酒屋『きむら』に向かった。

勿論隣のリステッドホテルに島田先生と泊るつもりで荷物を持って行く。

島田先生は待ち合わせの居酒屋『きむら』に予約を入れて、奥の座敷の席を確保していた。

彩矢は、約束の十分前にホテルのロビーに到着すると、バッグをフロントに預ける。

「島田の連れです」と言うと直ぐにチェックして「お部屋に入れて置きます」とフロントの係が言った。

何も持たずに雷雨の中を、隣のコンビニに着替えを買う為に行った事が昨日の様に蘇る。

既に十年近い昔の事だったが、あの時偶々の雷雨で泊ったが、それが無かったらどの様な筋書きになったのだろう？　懐かしい思い出を噛みしめて居酒屋に向かう彩矢。

今夜の居酒屋は賑やかだった。

「島田で予約しているると思うのですが？」店員に伝えると、奥の座敷に案内された。

俊介さんはここの常連の様だったけれど、何度か私と来た後も来たのかしら？　ちらちらと客の様子を見ながら奥の座敷に案内された。

店主も前を通る彩矢の姿を一瞬見たが、髪型とか服装があの時とかなり違うので分からない。

それに今夜は結構忙しいので、気にも留めずに見送っていた。

部屋に入ると「おお！　綺麗ですね！　見違えました」島田先生が感嘆の声を発して出迎えた。

「掘り炬燵の部屋にしましたよ！　今夜は結構寒いですからね」

「年末寒波襲来ですね！」そう言いながらコートを脱いで、対面に座る彩矢。

「中々良い居酒屋を知っていましたね！　懐石のコースにしましたよ！」

「ありがとうございます」少し恥じらいを見せて御礼を言う彩矢。

これからこの島田先生と初めて一夜を過すと思いが自然と態度に出ていた。

この一年間のお付き合いで色々とプレゼントをもらい、ご馳走にもなって島田の気持ちは充分理解していたが、男性として受け入れる気持ちにはならなかった。

だが今、最愛の弟淳が亡くなって、心に大きな空洞が出来たことで、その空洞を誰かに埋めて貰わなければ、耐えられそうにないと思った。

二十話

「取り敢えずビールかな？」

「はい、生ビールお願いします」嬉しそうに答えた彩矢だったが、懐石料理が運ばれて食べ始める時には彩矢は涙目に変わっていた。

島田先生は、彩矢が度々泣くので泣き上戸なのか？　美味しい物を食べて感激しているのか？　分からない。

「また涙目になっているのか？」そのままぶつけて見た。

「こんな美味しい料理を頂いて感激しています」

「だが、この店には来た事があるのだろう?」

「いいえ、店の女の子、そう弓子さんに教えてもらって知っていたのですが、実際に食べてみると予想以上に美味しくて感激してしまいました。先週も河豚で泣いちゃいましたね！　ごめんなさい！」そう言って誤魔化す。

「確かに河豚も美味しいし、この懐石も美味しいが涙が出るほどではないと思うがな！」

「いいえ、私には涙が出る程美味しいですわ」

彩矢は必死で俊介との思い出を消そうとしていたが、料理を食べる度に思い出してしまい、言葉が消えてしまう。

島田はなにか彩矢が隠しているのではと思ったが、今それを聞くとこれからの時間が終わってしまう様な気がした。

ゆっくり時間をかけた食事が終わると、店の客も半分程になり店主も少し手が空いてきた。

その時島田先生の後を付いて歩く彩矢の姿が目に留まった。

何処かで見た様な気がしていたが、直ぐには思い出さない。

二人が出て行って、しばらくして彩矢を思い出した店主だったが、俊介に言うべきか？迷う。

それは二人が夫婦には見えなかったからで、俊介の事を思うと言えないと思う。

五十代後半の男と三十代半ばの二人は不倫カップルに見えたのだ。

彩矢が部屋に入るといきなり「先生！　私、私、淳君が亡くなって寂しいの！　たすけてー」

そう言って抱きついた。

「そうなのか？　寂しいのだな！　一人で東京にはいつから住んでいるのだ？」

「大学生の時から結婚するまで。離婚してまた舞い戻って来たので、もう十五年近く住んでいる事になるわ！　でも今はど寂しい気持ちになったのは初めて……先生たすけて……」

彩矢の唇を島田先生の唇が覆って彩矢の言葉を遮った。

「恥ずかしいから、お風呂は別々で、部屋の灯りは消して下さいね」

彩矢は自分の姿を見せたく無かったのかも知れない。

離婚してから一度もＳＥＸの無かった彩矢は久々に男の腕に抱かれたが、何か物足りなさを感じていた。

それは俊介に初めてこのホテルで抱かれた事を思い出していたからだった。

島田先生も彩矢を抱きながら何かを感じていたが、敢えて口には出さなかった。

翌朝七時に二人で朝食を済ませると彩矢を浜松町の駅までタクシーで送った。

何か暗い物を感じる島田先生は、躊躇わず彩矢を見送ってすぐにタクシーを降りて後を追いかけた。

階段を駆け上がる彩矢を見つけると、尾行を始めている自分に気が付く。

彩矢がどの様な生活をしているのか、あの暗い雰囲気は何処から来るのかが知りたくなったのだ。

出来ればその場所から救い出したい、そして心の底から愛し合いたいと思う島田。

一度結婚に失敗して、二度と結婚はしないだろうと思っていたが、何処か影のある彩矢に惹かれる自分を抑えられなかった。

夜の仕事をしているが、合ってないと以前から思っていたし本人にも話した事がある。

「生活の為よ、仕方無いわ！」そう言って微笑む姿は、何故か島田の目には虚しく写った。

改札を入った彩矢は新宿方面のホームに向かう。

少し離れて付いて行く島田は、事務所に電話をして今日は午後から行くと伝えた。

ホームに電車が滑り込むが、ラッシュの時で人がすし詰め状態だ。

見失わない様に注意して彩矢を目で追いかけるが、少し身長が高いので遠くからでも確認が出来た。

仕事は確か池袋だと聞いていたが、今の時間なら一度自宅に戻るのだろう？　何処に住んで居るのだろう？　その様な事を考えていると、新宿駅で人に押し出される様に彩矢は降りた。

慌てて島田も後を追って降りる。

エスカレーターに流れる様に乗り込む彩矢は、一度も振り返らない。

昨夜の事を思い出しているのか？　仕事の事だろうか？　足は中央線のホームに向かっている。

既に停車している快速電車に乗り込むので、遠くでは無い様だと考える島田。

二人が乗り込むのを見計らった様に、電車は走り始めた。

僅か四分ほどの中野駅で彩矢は電車を降りた。

「ここに住んでいるのか？」独り言を言いながら間隔を開けて尾行をする。

有り難い事に一度も振り向く事は無い。

中野駅から十分程歩くと古い木造のアパートに彩矢は消えた。

「えっ、ここに住んでいるのか？」思わず言葉を失った島田。

既に築五十年から六十年は経過しているだろうと思われる古ぼけたアパートだ。

二階に上がるのを見届けた島田は、恐る恐る階段を上がると、そこは住まいが二戸並んでいた。

ドアの処に青木彩矢とマジックで書いた紙が挟んであるので、郵便物が届いた時に分かる様にしているのだろう？

凄い処に住んでいるのだな！　驚きながら階段を下りた島田は、その住所を確認した。そして自分の会社の事務員に連絡をとり、この付近の不動産屋を捜すよう指示した。

若い女性の住む家ではないと決めつける島田は、直ぐにでも彩矢をこの生活から救ってやりたいと思う。

今度は島田の目に光る物が滲み出ていた。

事務員から連絡を受けた不動産屋にすぐに行ってそのアパートのことを訪ねた。

「あのアパートですか？　家賃は三万ですね！　敷金を合わせても五万程度で入居出来ますよ！」不動産屋の店員は微笑みながら話した。

「女の人も住んでいるのか？」

「年寄りの水商売の人か外人さんですかね！　若い女性は住まないでしょう？　防犯があまりよくはないからね！」

島田は池袋に近い物件を探そうと考え、溜息を吐きながらその不動産屋を取り敢えず出た。

森田公夫のところへ調査書が届いたのは週末だった。

星原東京営業所の場所と写真「この女性が一緒に仕事をしていますが、お探しの青木彩矢と思われます」と荒木則子の写真も数枚添えられていた。

二十一話

福岡の探偵社の藪内は東京には何度も行けないので、東京の同業者に頼んでいたのだ。

荒木則子は人妻で俊介の東京事務所に働きに来ている。年齢とも彩矢に一致したので彼女が彩矢と決めつけて報告書と荒木の写真を公夫に渡したのだ。

書類が届いた頃を見計らって薮内は電話で「塾長、今後も調査を続けますか？　青山彩矢が事務所に通いで来ていますので、これ以上の証拠を探す必要はないでしょう？」

「そうだな！　既に離婚した男が女と生活しても関係無いから、これで打ち切ってくれ！　請求金額は近日中に口座に振り込む」

「判りました！　一先ず調査完了という事で終わりましょう」藪内は電話を切った。

夕方律子に「これが青山彩矢だ！　人妻で星原の東京営業所の事務として雇っているらし

い！　小説の投稿を利用して彩矢を既に見つけていたようだ」

写真を手に取った律子は「この女、綺麗？　不細工な中年女に熱を出して信じられないわ！　スマホの中の写真はもう少し綺麗だった様な気がしたけど、初めて会った時から十年も過ぎればただの中年の叔母さんじゃない！」スマホで以前見た彩矢の顔の記憶は薄れていた。

「もう小説も削除されたし、あの男も女を見つけたので小説は投稿しないだろう。終りにして忘れなさい」公夫の説得で漸く納得した律子。

公夫はこれ以上恥をさらしたくない気分なので調査書は律子に渡さず、机にしまい込んだ。


翌週水曜日、彩矢の休みを知っていながら店にやって来た島田。

「いらっしゃい！　島田先生！　曜日間違えていませんか？」ママが笑顔で出迎える。

「偶には他の子と飲みたいと思って来たよ！　弓子で！」

「えー私で良いの？　同じ様な髪型だけど、私の方が少し長いでしょう？　このショートボブが良いの？」

「向こうのボックスで歌でも歌おう！」

「はーい、先生の希を叶えましょう」カラオケの器具とマイクを二本持って、ボックス席に向かった弓子。

「弓子は懐石料理好きか？」

「いきなり？　私それ程和食好きじゃないわ、懐石料理って次々出て来る料理ですよね」

「実は高級店を知っているのだが、ご馳走しようか？　浜松町のリステッドホテルの並びにある『きむら』って懐石料理の店だ」

「美味しそうだけれど、それならステーキをご馳走してよ！　懐石は彩矢に食べさせてあげて！　好きみたいだわ」

「そうなのか？　深夜に懐石している店無いからな、今度話してみるか？」

その後数曲歌うと一時間程で店を出て行った島田。

彩矢の話を確かめに来たのだが、弓子から『きむら』を教えてもらったと言うのは虚とわかり、予想した通り昔誰か好きな男と『きむら』に行ったと思った。

そう考えると嫉妬心を感じる島田先生だが、その彼氏とは今はでは会えない悲しみがあの涙になったのだろうと思った。

深夜の仕事なので、女の子確保の為に店側が送るという話は聞いたが自宅までは送ってないのだろう？　あのアパートを見たら少し恐い気分になると思う。

このスナックの近くにマンションを捜していた島田。

彩矢がタクシーにてワンメーター程度で帰れる場所、昼に勤める洋服店の場所は知らないが、スナックの近くならおそらく安心出来ると購入の段取りをしている。

問題は簡単に受け取って貰えるか？　下手をすると自分が住んでいる場所を調べたと怒り出す可能性もあるなと色々な事を考える島田。島田自身、自分が完全に彩矢に惚れている事を自覚していた。

新品のマンションを買って自分と一緒に住もう！とプロポーズしたい気持ちは充分あるが、簡単には受け入れる筈はないと思う。

細かい条件に一致するマンションの案内が届いたのは昨日だった。

家賃十万程度でこれなら受け取って貰えるのでは？

島田は、タクシーでそのマンションに到着すると三階に上がって行った。

そのマンションは小さい五階建てで、三階部分が全て住居になっている。

一階は小さな事務所が入っている程度なので、人の出入りも少ない様だ。

借りた鍵で中に入ると、広々とした三十平方メートルのワンルームだった。一人で住むには充分だ。風呂場と台所、トイレが別々なのが良い。

島田は気に入ったので、家具とベッド、テレビ等を買い入れてから彩矢にプレゼントする予定にした。

バルコニーに出ると、東京の冬空が目に飛び込む。

正月明けからここに住めば彩矢の気持ちも変わるだろう？　そう思いながら夜空を眺める島田だった。

二十一話

髪型を変えて少し女性らしくなった彩矢は、客の受けも良くなった。

島田との一夜が気分的にも楽にさせた様で、年末の仕事は三十日まで働くと張り切っている。

昼の仕事も三十日まで営業で、三十一日、一日の二日間だけ休みだ。

二日からの初売りで、福袋の販売が忙しいのは分かっている。

『赤い鳥』の新年は五日からの営業なのでゆっくりとできる。

島田は年末ぎりぎりに家具調度品、テレビ等を設置して彩矢にお年玉プレゼントとして見せる準備を終えた。


十二月の三十日の九時過ぎに島田はやって来た。

「先生、年末のお忙しい日に来て頂きましてありがとうございます」ママが嬉しそうに挨拶をした。

「彩矢はまだ来てないのか？」

「もうすぐ来ると思いますよ！　洋装店の掃除で少し遅れると連絡が有りました」

「そうか、待たせて貰うぞ！　今夜は彩矢に大切な用事があるのだ！」

そう言うとボックス席の方に向かって進んで勝手に座った。

弓子は今日から休んで田舎に帰った様だ。

「先生今夜は一時で閉店しますので宜しくお願いします」ママがカウンターの向こうから大きな声で伝えた。

しばらくして彩矢が来るとママが「お待ちかねよ！」と指さして島田先生を教える。

「いらっしゃいませ、年末押し迫った時にお越し頂いてありがとうございます」笑顔で傍まで来た。

「ここに座れ！」

「着替えてからよ！」そう言う彩矢の袖を引っ張って横に座らせる。

「初詣に行こうと思う、一緒に行ってくれるか？」

二十二話

「初詣に？」戸惑いながら聞き返す彩矢。

「田舎に帰るのか？」

「今年は正月がないのよ！　淳君がなくなったから無理です」呆気なく断られる島田先生。

「そうだったな！　じゃあ、一日俺と付き合って欲しい！　神社には行かないけれど彩矢と過したい」

「二日から初売りだから、一日は遅くは遊べませんわ」彩矢は一度身体を許したので再びの要求だと思って拒否しようと思っていた。

「昼間食事をして一時間でも良いから付き合って欲しい！」

強引に誘われたので、昼間の一時間程度なら食事をしても良いと約束をした。


一月の元旦、彩矢にとって驚くべき事件が勃発しようとしていた。

着飾る着物も無いが、一番上等の洋服を着て大好きな鍵の形をしたネックレスを着けて薄汚いアパートを出る。

このネックレスは俊介が誕生日に買ってくれた物で、彩矢の宝物のひとつだ。

プレゼントされた時「これはね、免税店で買ってきたけど、店員に聞いたら日本には輸出してないものらしい」俊介が誇らしげに話した。

「有名ブランド品ね！　確かにこの形の見た事ないわね！　ありがとう大事にするわ」

その場ですぐに首に着けた彩矢は、嬉しそうに俊介の前で身体を一回転させて喜んだ。

その姿に目を細めて見る俊介の満足そうな顔がそこに有った。


町は綺麗に着飾った若い女性が大勢歩き、店先には正月の飾り付けが溢れて正月の雰囲気を盛り上げていた。

交差点で信号待ちの時、横の電気店は元旦から売り出しで、テレビ放送を流している。時計を見ると約束の時間までもう少しあるので、寒さを避ける為に電気店に入って大きな画面のテレビに目をやる彩矢。

正月のワイド番組でコメンテーターが数人並んで、今年の抱負を話していた。

「葛城准教授の今年の抱負はどの様な事でしょう？」司会の男性が尋ねると、葛城洋子が「昨年は、私の推薦したネット小説が途中で途切れてしまって沢山の方にお叱りを受けて申し訳ございませんでした、作者の方ももしも今この番組をご覧でしたら私まで是非ご一報頂けませんでしょうか？　何処の何方か全く判らずこちらから連絡が取れないのでお願いします」

「葛城先生、変わった抱負ですね！　何か手掛かりはないのでしょうか？」

「はい、小説の題名は『遠い記憶』と言います。作者は多分ペンネームでしょうが春木一夫さんです。もしも彼をご存じの方がいらっしゃいましたら私までご一報下さいます様宜しくお願い致します」深々と頭を下げる葛城洋子。

生徒達やサイト運営者に責められて苦肉の策を思いついての告白だった。

打ち合わせになかった発言に驚く放送局、司会者も「見つかると良いですが、面白い作品なのですか？」とフォローをするのが精一杯で、急遽CMを入れた。

呆然とテレビを見ていた彩矢は一瞬息をするのを忘れる程の衝撃だった。

しばらくして気持ちを取り直すと、『この放送を見てきっと俊介さんが連絡するわ！　巡り会えるかも知れない』と思った。

私の事を捜す為に書いた小説の様だと弓子さんが話していた。

本当に俊介さんなら……急にうれしくなった彩矢は鼓動の高鳴りを感じた。

CMが終わると全く違う話題に移って、葛城洋子さんの姿は画面にない。

彩矢は葛城先生が俊介さんの小説を推薦していた事を知った。

女子大生の間で流行していたのは、学校で葛城先生が推薦したからだと理解した。

確か弓子さんの妹さんも関西の大学だったから、弓子さんに伝えたのだわ。

その様な事を考えている間に時間が過ぎ去っていた。

携帯電話が鳴り響いて我に返った彩矢だが、着信の相手は弓子だった。

開口一番「今！　見た！」一オクターブ高い弓子の声がした。

「見たわ、弓子さんの話本当だった！」

「彼氏？　彼氏でしょう？　彼氏が彩矢を捜しているのよね！」

「……」その言葉に嬉し涙で答えられない彩矢。

「嬉しいの？　泣いているのね！」

「誰にも言わないでね、まだ決まった訳ではないからね、お願いね」

涙声から絞り出す様に弓子に頼む彩矢。

「分かったわ！　誰にも言わない！　今から初詣に行くから、彩矢の恋人が帰って来る様にお祈りしてきます！」弓子は励ます様に言った。


遅れてしまったので急いで待ち合わせの場所に向かう彩矢。

時計を見ながら彩矢の姿を捜している島田先生が見えた。

「先生！　ごめんなさい！　混雑していて遅れました」息を切らせて明るい笑顔で挨拶をする彩矢。

「おめでとうは駄目だったね！」嬉しそうに島田が彩矢に言う。

タクシーを止めて乗り込むと「先ずは食事に行こう！　少しは飲めるだろう？」そう尋ねると彩矢のネックレスに目が止まった。

いつも着けているのは一目でイミテーションだと判るものだったが、今日のネックレスは本物だと見抜いていた。

有名ブランドの品物だとすぐに分かった島田。

自分で買う筈はないので、誰か恋人でも出来てしまったのかと気になる。

ビールを飲みながらさり気なく「良いネックレス着けているね！」と尋ねた。

「ありがとう！」ご機嫌で答える彩矢を見て、島田は好きな男に貰ったのか？と勘ぐった。

「随分昔よ！　忘れる程ね！」その言い方は決して暗くなく、まるで今でも恋している様に見えた。

刺身を肴にビールを飲む姿は、いつもよりも明るくて飲み方も早い。

島田も一緒に飲みながら気になり「何か良い事が有ったのか？」と尋ねた。

「いいえ！　何もないわ！　でもこれからある様な気がするの？　それで嬉しいのかな？」

自分がこれから連れて行く場所を既に知っているのかとドキッとした島田だが、悟られまいとビール瓶を持って彩矢が空けたグラスになみなみ注ぐ。

「先生！　お腹が空いて来たから、お寿司貰っていい？」

「適当に握って貰えるか？」板前に注文する島田。

「正月のテレビって見ている人は多いのかな？」と急に尋ねた彩矢は、俊介が先程のテレビを見ていたのかどうか、その事が気になっている。

二十三話

「今頃は駅伝を見ている人が多いだろうな？」

「そうなのね、駅伝見ているの？」急にトーンを落とす彩矢。

「誰か知り合いでもテレビに出ているのか？」変な事を尋ねる彩矢に怪訝な顔で島田が聞いた。

「誰も出てないし、そんな有名人は知らないわ」と惚けて握り寿司を口に入れる。

しばらくして島田が「後一時間程度付き合って欲しい！　良いだろう？」と言う。

「ほろ酔いで気分も良いから、少しなら付き合いますよ！　何処に行きますか？」

二人は寿司屋を出るとすぐにタクシーに乗り込んだ。

「彩矢にお年玉をやろうと思ってな！」そう言って彩矢の手を握りながら行き先を運転手に伝

えた。

「先生が私にお年玉を？　何かプレゼントね」

「直ぐに分かった？」

「何買って下さるのかしら、楽しみだわ！　宝石？　高い物は無くすと大変だから要りませんよ！」

「それは高くないのか？」島田先生が彩矢のつけているネックレスを触ろうとすると、直ぐに身をかわして触らせない彩矢。

「おー、よほど大事な物なのだな！　私に触らせない！」

「安物だから、恥ずかしいだけですよ！」

タクシーは人気のない通りのマンションの前で止まった。

「お店ないけれど？」タクシーを降りて周りを見る彩矢。

「このマンションに用事があるのだよ！　付いて来なさい」

「えっ」正月早々真っ昼間から、マンションに連れ込まれるのか？とドキッとする彩矢。

小さなエレベーターに乗り込むと、三階のボタンを押す島田先生に「お友達の家ですか？」

怖々尋ねる。

島田は何も答えず三階に着いた。ポケットから鍵を取りだすと「最近薄暗いと見え難い、鍵を開けてくれないか？」と彩矢に渡した。

「友達の家じゃないの？」

「今は誰も住んでいないが、近日中には女の人が住む予定だ！」

「えっ、先生の愛人さん……」そう言いながら鍵を開けると、島田先生が彩矢のお尻を押す様に部屋の中に押し込む。

電気のスイッチを入れると、真新しい家具の臭いがして、窓にはピンクのカーテンが新春の陽光を遮っている。

日当たりの良い部屋だとすぐに判るし、女性の部屋だと一目で分かった彩矢。

「素敵な部屋ですね！　女の方喜ばれますね！　私に見せて合格か聞きたかったのね！」

「そうだよ！　その通りだよ！」

「合格ですよ！　先生センス良いですね！　ベッドも大きいし箪笥も素敵です」

「そうか？　喜んで貰えて嬉しいよ！　早く引っ越して来なさい！」

「えっ」そう言って振り返った彩矢の目の前には島田の顔があった。

「彩矢！　好きなのだよ！」顔を引き寄せられて唇が近づく。

「先生！　わ、わた、わ……」そのまま被さる唇に驚きと感謝で動けない彩矢。

「今の住まいは……余りにも……」唇が離れると島田がそう言う。

「み、みた……の……」再び唇を奪われる彩矢は島田先生に尾行されていたのだと知った。

「密会に使う為ならお断りします！」唇が離れた時、強い語気で言う彩矢。

「ごめん、ごめん！　その様な気持ちは全く無い！　彩矢のアパートが気になって、ここにしたのだが今まで通りの家賃を私に払って貰えば差額は援助しよう、勿論鍵は彩矢しか持たないで良い！」

「ここは賃貸マンションですか？」

「そうだ、だから気にする程高くはない！　今住んでいる場所は余りにも危険な場所だ！」そう言って手に持っていた部屋の鍵二つを彩矢に差し出す。

「私先生の女にはなりませんよ！」

「判っている！　本当に私を好きになってくれたら、結婚しよう！　それでどうだ！」

「えっ、結婚？」島田の言葉に驚く彩矢。

「本気だ！　私の事を疑っているのか？　本名はこれだ！　店では税理士先生になっているがな！」名刺を差し出す島田。

「ＫＳ会計事務所、所長、島田喜一、住所は渋谷なの？」名刺を受け取って読む。

「店では今までと同じで税理士先生で頼むよ！」そのまま窓際に行って一気にカーテンを開ける。

「何もしないから、安心してくれ！　彩矢が私を受け入れてくれるまで待つよ！　だからこのマンションを遠慮せずに使って欲しい！」

「……」

「駄目か！」

「嬉しくて……言葉が出ません！」既に何度か危険な事があった彩矢。

でも転居する為の費用を考えると、引っ越しを諦めていたのは事実だ。

「それなら受け入れて貰えるのか？」

「これ程色々頂いても、待って頂いてもご希望に添えるか判りませんがそれでも宜しいのですか？」遠慮しながら言う彩矢。

「もしかして、彩矢には好きな男がいるのか？　そのネックレスの男か？」

「……」

「図星か？」

「違います！　もう随分前にお別れした人です」

「なるほど、別れても好きな人なのか？」

「好きな人がいたら先生とこの様な関係にはなりませんわ、でも先生と結婚なんて考えられません！」

「僕は待つよ！　彩矢が本気で考えてくれるまで！　だから遠慮無くこのマンションを使ってくれ！」

「ありがとうございます」漸く笑顔が溢れる彩矢。

今のアパートを見られてしまったら、仕方ないとも思うが結婚を迫られるとは考えてもいなかった。

部屋を改めて見渡すと運ぶ物は衣類位で殆どの物はこの部屋に揃っている。

「先生が全て揃えて下さったの？」

「気に入るか分からないが、直ぐに住めるようにと思って急いで揃えさせた」

殆どの物を一週間程で揃えた島田は、断られたらどうするか？　そこまで全く考えていなかったと、大笑いをして帰って行った。

夜、仕事関係の新年会があるのでと言って、そのまま彩矢を残して……。

二十四話

葛城洋子の必死の決行だったテレビも俊介は見ていなかった。

年末から体調を崩した母の聡美が入院してしまったのだ。

心臓は昔から多少悪かったのだが、寒さと気温の変化で悪化し倒れたのだ。

これは俊介が東京での仕事が出来ない状況になる事を意味していた。

年末に本社に挨拶に行き母の病状を報告して了解を貰うと、年明けには福岡に戻る事になった。

代わりとなる東京の人間が採用できるまでは、課長が兼務して東京に行く事になった。

ただし、俊介も時々は東京に出張に行って課長の補佐をする事が条件であった。

聡美の見舞いに俊介が病院に行ったとき、聡美が驚く事を話した。

それは俊介が父から譲り受けた株の倍程の同じ株を持っているから、それを売って入院費に使って欲しいと言ったのだ。

「お、お父さんが僕に残してくれた株券の倍？　同じ会社？」

「昔は配当金がなかったけれど、最近は配当金が届くので生活の足しに使っているのよ」

「ち、ちょっと待って僕は大半を売ってしまったよ、この七〜八年で。……倍？」

「そうだろう、女の人と付き合っていたからね……」

「えっ、知っていたの？」

「先生のお嬢さんと一緒になる時から、不安はあったわ！　でもお父さんが勧めたから、俊介は従ったのよね！」青白い顔で俊介に言う聡美。

「それより……」と言いかけて言葉を止めた俊介。

自分も株には全く興味が無く、親父に貰ったままで値段も見る事がなかった。

貰った株の自分の住所を実家の住所のままにしていたので、株の配当は律子の目には触れる事は無かった。

或る日配当金が届いて、初めて株価を見ても驚かなかったが、分割を繰り返して千株だった株が大きく増えているのを知った。

母はそれも知らず、父の遺産として受け取りそのまま箪笥にしまい込んだままの状態だ。

だが全く売却していなければ、相当沢山の株数になっているので入院費の云々の額ではない様な気がした。

父は先見の明があったのだろうか？　今更ながらに驚く俊介。

「それはないな！　あの様な鬼嫁勧めたからな！」思わず言葉にしてしまった俊介。

「鬼嫁？　今も一緒だったら、私の事で喧嘩だろうね！」母は苦笑いをした。

その律子は正月早々怒り狂っていた。

母の佳子が葛城洋子のテレビを見てしまって、正月早々森田家では新年を祝う気分も吹っ飛んでその対策を考えていた。

「まさかあの葛城准教授が、テレビで訴えるなんて信じられないわ」葵が言うと「間違いないわ、急にテレビで今年の抱負って聞かれた時だわ」再び説明する佳子。


「葛城准教授の今年の抱負はどの様な事でしょう?」司会の男性が尋ねると、葛城洋子が「昨年は、私の推薦したネット小説が途中で途切れてしまって沢山の方にお叱りを受けて申し訳ございませんでした、作者の方ももしも今この番組をご覧でしたら私まで是非ご一報頂けませんでしょうか? 何処の何方か全く判らずこちらから連絡が取れないのでお願いします」

「葛城先生、変わった抱負ですね! 何か手掛かりはないのでしょうか?」

「はい、小説の題名は『遠い記憶』と言います。作者は多分ペンネームでしょうが春木一夫さんです。もしも彼をご存じの方がいらっしゃいましたら私までご一報下さいます様宜しくお願い致します」深々と頭を下げる葛城洋子。


「こんな感じだったわ! よく覚えているでしょう」

「だが、荒木彩矢と一緒に仕事をしているから、あの男が葛城先生の要求に応えるとは思えないがな!」公夫が否定する様に言った。

「お爺様、探偵が調べた資料お持ちですか？　私に見せて下さい！　お父さんを奪った女の顔を見たいわ」葵が恐い顔で迫る。

「葵も見たかったのか？」

「当然だわ！　私のお父さんを盗み取った悪い女の顔を見たいわ！」

公夫はしまい込んでいた調査書を探しに隣の部屋に行く。

律子は「俊介はもうネットに小説を出さないと約束したのよ！　何故あの先生が煽るのよ！上手な小説だとは思えないのに！」

「葛城って先生、別の仕事でもしているのでは？」

「あっ、そうかネット小説のサイトを運営されているのだわ、昔も推薦の作品があったってゼミの先輩から聞いたわ」

「それなのよ！　だから自分が推薦した手前投稿が消えて困っていたのだわ」

三人が話している時に公夫が資料を持って来た。

テーブルの上に置くと葵が直ぐに広げて、写真をスマホで撮影して資料の一部も撮影する。

「葵！　その様な資料撮影してどうするの？」

「別に何もしないけれど、お父さんを盗んだ女の事を研究するのよ！　将来私も結婚するから、旦那さんに注意しなければ駄目でしょう！」

「ハハハ、葵には将来の森田塾を経営出来る婿を探してあげるから心配無い！」

「女癖の悪い男は駄目ですよね！　お爺さんの様な人で無ければね！」佳子が公夫を持ち上げる。

「私が結婚を少し焦ったのが失敗だったのよ！　ほんと！　思い出しただけでも腹が立つわ！」律子が怒る。

「大丈夫よ！　投稿はされないと思うわ！　お爺さんと約束したのだから……」

すき焼きを食べ始める四人はお酒が入ると、俊介の悪口に終始していた。

正月の五日に彩矢は荷物を段ボール数箱に簡単に纏めると、タクシーで運んで引っ越しを完了した。

殆どの大きな物は隣の住人にあげて、不要なものは全て処分した。

自分の荷物が段ボール箱で八個しかない寂しい引っ越しに、自分でも呆気なかった。

だが、隣の女性はテレビと箪笥、冷蔵庫、ベッドを受け取って喜んでくれた。

「ありがとうね！　これで布団を敷かなくても良いわ」そう言って嬉しそうに、前歯が抜けた口を広げて微笑んで彩矢を見送ってくれた。

この叔母さんに何度か危険な場面で助けられた事があったので、その恩返しが出来たと思った。

島田からは店の人には絶対に言わないから、彩矢も私の事は今まで通りに接して欲しいと言われていた。

五日は、昼の仕事は代休を貰い、店に出るのは九時の予定になっていた。

ネット上で葛城准教授の発言が話題になっていたのを、彩矢はその日に知った。

予定に無い発言に困惑した放送局、ネット小説サイト『エブリディ』との関係とかが話題になって、問題の春木一夫は何者か？　色々な憶測が掲載されていたが、どれも彩矢が俊介を捜すヒントになる物は無かった。

二十五話

弓子の話を聞いた感じでは自分の事を俊介が書いた様に思えたが、実際俊介が小説を書く話は聞いた事がない。

今自分が分かる事は、弓子が話した自分に似ている綾子を主人公の俊介が捜しているストーリーだけだ。

先日のテレビでの訴えで、投稿が再開されたら自分も読んで確かめられると考えながら、毎日の様に投稿サイト『エブリディ』を開いては見ている彩矢。

全く同じ事をしているのが娘の葵と元妻の律子。

「既に十日が経過したけれど再開された形跡はないわね」律子が葵に電話で尋ねた。

葵は「ネットで葛城先生も話題になって、あの番組は今週から降板になったわ！　無謀な訴えだったわね」

「お父さんの気が変わらなければ良いのだけれどね！」律子のこの一言が波乱を起こすとはこの時、知る筈も無かった。

葵は母律子の言葉で父俊介が投稿再開を考え始める可能性があるかもしれないと、釘を刺す事を思い付いた。

翌日俊介は、携帯が鳴ったが、見覚えの無い番号なので無視しようと思いながらも気になったので出てみた「もしもし、何方様ですか？」

「私、私よ！」

「私って言われても？」

「流石に不潔な男は娘の声も忘れたの？」

「ああ、葵か？　携帯の番号も知らないから、いきなり私と言われても判らなかったよ！　中学生の時から……」

言葉を遮って「そんな事どうでも良いわ！　用件だけ言うわ」

「葛城先生から頼まれてもネット小説は再開させないでね！　これ以上私もお母さんも苦しめるのは止めて……」最後は泣き声になる葵。

なぜ葵がそういうのか理解できない俊介は、慌ててリダイヤルをしたが、呼び出し音が切断される。

俊介は、今度は律子の携帯に電話をしたが、呼び出し音は鳴るが出ない。

葛城先生って誰だ？　ネット小説の再開を頼まれた？　去年の義父からの依頼で投稿も中止しているのに？　意味が分からないし、葵の泣き声は何を意味しているのだろう？　困惑の俊介。

打ち合わせしていて電話をとれなかった律子は、着信履歴に俊介の番号を見つけたが、用事があればまた電話してくるだろうと無視した。

夜自宅に帰った俊介は、葵の言葉急に気になりだしたので、投稿サイト『エブリディ』に久しぶりにログインしてみた。

表紙に自分の事が書いてあるのに驚く俊介。

『作者の都合で連載が休止になっています。引き続き連絡を試みておりますが、一月五日の時点では再掲載の目処はございません』と少し大きな文字で書かれている。

一般読者としてのログインなので、自分の小説は全く見る事が出来ない。勿論沢山のメールも葛城洋子からの連絡が来ていることも分からない。

『私は春木一夫さんを知っています！　どの様な事を連絡すれば良いでしょうか？』と俊介は余りの事態に自分を第三者に見立ててメールを送った。

しばらくして『本当ですか？　葛城の方から明日連絡させます。このアドレスで宜しいでしょうか？』と返信が届いた。

葛城？　葵が話していた先生？　ネットの管理者だ。何故？　ネットの管理者を知っているのだ？　疑問が次々と湧くが、葛城がネットの管理者だろうということは分かった。

もしもネットの管理者なら断ろう、今再開したら確実に義父に訴えられると考える。

結局返信を躊躇った俊介は何も出来なかった。

一月一杯まで母が入院することが決まり、俊介は会社と病院の往復状態を繰り返した。

葛城准教授の元に、ネットの会社から俊介のメールの話が伝わったのは、一月の最後の日曜日だった。

月に一度だけ顔を出す葛城洋子に、一通だけ変わったメールがありましたと伝わった。

葛城洋子はそのメールの内容を詳しく聞いたが、その後は返事が来ないので悪戯だと思って再度連絡はしなかったと担当者は伝えた。

洋子は届いたメールを見て「試しに送って見るわ、反応が無ければ仕方がないけど！」

今は何でも手掛かりが欲しい一心だった。

『私は葛城洋子と言います。阪和大学の准教授で国文学を教えています。春木一夫さんをご存じでしたらお伝え下さい！　投稿を再開して頂きたいのです』と書いて連絡先のアドレスを書き加えた。

そのメールを受け取った俊介は全ての疑問が解けた。

あの文章をアドバイスしてくれた洋子は葛城洋子准教授で、葵の学校の先生なのだ。

あの小説の読者が増えたのは葛城先生が生徒に推薦したのだろう？　だが運悪く生徒に葵がいて律子と両親が知る事になったのだと理解できた。

彩矢に読んで欲しくて投稿した小説が、葵から律子、律子から義里の両親に伝わりこの様な事態になったのだと漸く判った。

『判りました！　春木に伝えます！』俊介は直ぐにメールを返信した。

洋子は大きな声で「このメール本物よ！　春木って人に伝えるって連絡来たわ！」急に明る

い表情に変わった。

これで自分の立場が保てるのと、この作品を世に出したい願いが実りそうだと胸を撫で下ろした。


夜になって俊介がパソコンから自分のサイトにインすると、信じられない程のメールが入っていて、とても読める量では無かった。

取り敢えず洋子さんのメールを探し出し『訴えると言われて投稿を諦めました。事実とは多少異なるのですが、実在の人が自分だと怒り狂って困っています』とお詫びと一緒に返信した。

しばらくして洋子から『この小説が事実に近い話だとは最初から判っていました。そして敢えて自分は春木さんが何処の誰だとは追究はしませんが、貴方が主人公になって綾子さんを捜されている事は大体判ります。将来小説として世に出されるならお手伝いは致しますが、今は愛する人を探す事に専念して投稿を再開して下さい。どの様な結果が待っているのか？　それは私にも彼女にも判りませんが、最後まで頑張って下さい。告訴されたら私が全力でお守り致しますし、この様な文章では裁判にもなりません！　安心して下さい』と返事が返ってきた。

二十六話

俊介は敢えてアドバイスをくれる洋子さんのままで付き合う事にした。

『友人から洋子さんを頼りにすれば助けて下さるとお聞きしました。何処の何方かは敢えてお聞きしません！　ひとりの読者として今後もアドバイスを頂きたいです。宜しくお願いします』

『判りました！　私もその方が気は楽です！　頑張って下さい』

二人のメールの再開と同時にサイトの整理と、今までの投稿を再投稿する為に準備を始めた俊介。

新しく書いた部分はその後少しずつ投稿する予定である。小説のクライマックスは洋子さんとのメールの中で大体決まっていた。

だが再開するまでには。仕事以外の時間をフルに使っても一ヶ月程度は必要になる計算だ。

削除してしまったので、最初から元の原稿の手直しが必要だったからだ。

記憶と残っている原稿、そして自分が新しく書いた部分の構成が必要だった。

俊介は、もう一度一話目から再度投稿する事にした。

俊介の投稿再開準備を全く知らない彩矢は、マンションを貰ってからも島田とはアフターに付き合っている程度で進展はなかった。

肉体関係はあのホテル以来全く持たず、島田も多少遠慮して付き合っていた。

二月に入って「どうだ！　慣れたか？　今までのアパートとは違うだろう？」

「ありがとうございます。大変助かっています。昨日先生に教えて頂いた口座に約束の家賃を振り込んでおきました。安くして頂いてありがとうございます」

「今夜は彩矢にお願いがあるのだが？」

「何でしょう？　私に出来る事なら致しますわ！」

「今度の彩矢の休みの日に、俺の家に料理を作りに来てくれないか？」

「えっ、料理を？」

「一度彩矢の手料理を食べてみたい。彩矢のマンションには行かないと決めているから君が来て欲しい。勿論食事が終わったら返って良い。タクシーならすぐだから大丈夫だ！」

「先生！　私料理上手ではありませんよ！」

「だが、一応は主婦していたのだろう？」

「わかりました。それじゃあ再来週の水曜日二十二日、先生は何が食べたいの？」

「何でも良い、彩矢の得意料理で良いよ」

「じゃあ、寒いからシチューでも作ります。材料買って持って行きます」

「これ渡しておく」と財布から一万円札を取り出して手渡す島田。

「お金は頂けません！」拒否をすると「ワインも一本買って欲しいのだ」そう言って無理矢理手渡した。

二人はお互いに遠慮しながらも徐々に打ち解けていった。彩矢の心の中で島田の存在が大徐々に大きくなっていった。

本気に結婚を望まれているのだろうか？　彩矢は殆ど冗談だと思っていた。

何故ならＫＳ会計事務所の看板を渋谷の駅前で見たからだ。

自分と島田先生ではレベルが違い過ぎる。結婚は嘘で本当は遊びなのだと思っていたが、奥さんはいないのは間違いない様だ。

そして今晩自宅に招かれて、料理を作って欲しいとお願いされると彼の本心が判らなくなってしまった彩矢だった。

水曜日は昼間の洋服店もスナックも休みなので時間はあるとはいえ、誘いに応じてしまった彩矢。

島田は彩矢が休みの先週の水曜日にスナックに行って、弓子に彩矢に好きな人がいるのか？

と確かめていた。

弓子は「いないと思いますよ！　結婚前はどうやら不倫で付き合っていた男性がいた様ですが、自分も結婚して離婚後は誰もいませんね」

「その不倫の男の事は知っているのか？」

「知りませんが、彼女が二十代の時に別れていると聞いています」

「もう三十六歳だから、六～七年程前だな。彼女が着けている鍵型のネックレスは見た事あるか？　ブランド品だ！」

「いいえ、彼女店にその様な高価な装飾品着けて来た事はないですよ！　それにそんな高い物持っているのですか？」弓子が驚く様に言った。

「正月に会った時着けていた！」

「じゃあ、あの彼氏かな？」

「あの彼氏？　知っているのか？」

「ネット小説の話しですよ！　それも今は削除されて掲載されていませんが、私の見た感じでは案外図星かも？」

「どう言う事だ？　もう少し詳しく教えてくれ！」身を乗り出す島田。

「もう削除された小説ですが、主人公が彩矢によく似ていたのですよ！　その綾子って主人公を俊介って男が捜しているストーリーなのですよ！　私も流し読みしただけで、じっくり読む前に彩矢にそのことを教えたのですが、丁度そのあと削除されていました。ですから彼女は全く読んでいません」

「小説の話か？　偶然似ていたのだろう？」

「でも私が少し話したら、彩矢は凄く興味を持っていましたよ！」

「内容に？」

「登場人物と内容ですね！　作者は春木一夫って名前で、不倫の話で彩矢が綾子なら彼女の事になるのでしょうね」

この様な話しを事前に聞いていた島田先生。

その二十二日、ネットに再開された小説、遠い記憶の一話が掲載された。

時間の経過と共に弓子も彩矢もサイトを見る回数が極端に減っていた。

逆に葵は学校で葛城准教授が「皆さんに読んで欲しいと言ったのに、削除されてしまった小説が復活するかも知れません！」と二月の十日前後に話されたのを聞いていたのでその後こまめにチェックしていた。

葵が律子にそのことを連絡すると「その様な事は無いと思うわ、お爺さまと約束しているから大丈夫だわ！　もしも約束を破るとお爺さまが相当お怒りになるからね」

そうは言ったが気になる律子はその後何度も俊介の携帯に電話したが、全く出ないので怒って会社にまで問い合わせた。

会社の事務員が「お母さんの具合が悪く、入院されていまして会社も休まれています」と言ったので、小説の投稿よりも母親の看病でそれどころではないのだと安心した。

実際葵に聞いてから毎日の様にサイトを調べていたが、再開される気配は感じられなかった。

二十七話

安心していた二人だが、昼過ぎ葵が俊介の投稿を見つけて「お母さん！　あの小説が再開されている！」驚きの声で叫ぶ様に電話をしてきた。

「朝はなかったのよ！　すぐに調べるわ！　投稿の量は多いの？」

「一話だけよ！　でも律子は既に登場しているわ」

「すぐに抗議するわ！　許せない！　約束を破って！」怒る律子はすぐに俊介に電話をした。

怒る律子に俊介は「運営の人が名誉毀損にはならないって、そんなに悪く書いてないから大丈夫だって！　頼まれてね！　大勢の読者の要望があるんだよ！　君も第三者として楽しんで！」

「馬鹿なことを！　すぐに父に相談しますから覚悟しなさい！」けたたましく言って電話を切った。

すぐに律子は公夫の家に駆け込み事情を話すと「今から弁護士に相談してくる。安心しなさい」押さえる様に話す公夫だが、約束を破られて怒りがこみ上げていた。

だが弁護士は「この一話だけでは何も判りませんし、訴える事は不可能です。塾長とか娘さん、お孫さんが明らかに侮辱される様な文章が書かれてなければ無理ですね」

「それではこのまま放置しろと？」

「そうではなく、侮辱に当たる文章とか明らかに悪意があるとかがわかれば……」

公夫は結局恥をかいたかたちで家に戻った。

確かに投稿された一話は人物紹介程度の内容で、ただ律子が俊介の妻だと言うだけの話で、訴えるなど全く論外だった。

「数話見なければ、弁護士も何も出来ないと言ったよ！」落胆して言う公夫。

律子は「じゃあ、このまま恥を晒したまま針の筵なの？　耐えられないわ！」

一方午後から市場に買い物へ向かう彩矢は、島田先生に美味しい物を食べさせようと張り切っていた。今日は俊介の事は頭になく、サイトの検索もしていない。

弓子も時々見ているらしいけれど、あれからそれらしい話も立ち消えていた。

あの葛城先生の話も結局無駄だったと、既に半ば諦めていた。

そして小説が、俊介が自分を探す為に投稿したものと信じたが、それは単なる自分の妄想に過ぎなかったと思っていた。

島田に教えられた住所に行くと、高級マンションが目の前にそびえ立ちその豪華さに驚いた彩矢は、足が前に進まなくなった。

この様な高級マンションに住んで居る島田先生が？　私に求婚？　嘘だわ？　夢だわ？　飲み屋の女を遊んでいるのだわ！　そう思うと踵を返したくなる彩矢。

だが、マンションの家賃も応援してくれ、お食事やプレゼントも色々貰っているので、騙されていても仕方ないかと思い返し、求婚されてちょっぴり夢を見た自分を笑って玄関に入った。

オートロックなので内側の扉は勿論閉まっている。インターホンで部屋の番号を押すと「彩

矢さん！　いらっしゃい！　扉を開けるのでエレベーターに乗って部屋番号を押してくださ
い。目的の階に着くよ」島田の声が元気よく聞こえた。

「豪華なマンションで驚きました！」開口一番彩矢が島田先生に発した言葉だ。

「さあ、入って下さい！　男ひとりだから整頓されていないよ！」

「広いですね！　リビングも！　台所はここですね？」

彩矢には新聞折り込みなどで見る都心の高級マンションの間取りそのものと思った。

「彩矢さん今夜は何をご馳走して貰えるのかな？」買い物袋を覗き込む島田。

「先生！　ワインを冷やして下さい」早速袋から白ワインを取り出し島田に手渡す。

「料理が出来る迄、風呂でも入って来るか！」そう言って冷蔵庫にワインを入れると、島田は
さっさと風呂場に向かった。

風呂って？　もしかして帰れない？　彩矢はそう考えながらビーフシチューを作り始める。

大根と生ハムのサラダも同時に作る。

今夜は兎に角島田先生に喜んでいただく、これが一番の目的だと献立を考えて来たのだ。

しばらくして、風呂場から島田の鼻歌が聞こえた。

島田先生も楽しそうだ！　良かったと心が和んでいる彩矢。

ご飯がないかと見回すと、炊飯ジャーの中に保温されたご飯があったので、予定通りパセリ

のライスを作る事にした。

彩りも考えながらレシピ本を読んで研究した成果を実践する。

島田は、彩矢が食事を作る時間を考えて風呂でゆっくり時間を要した。

しばらくして風呂から上がった島田はバスローブを羽織って、白髪交じりの髪をタオルで拭きながらダイニングにやって来た。

「どうだ？　使いやすいキッチンか？」

「はい、広いですから使いやすいですわ」忙しそうに料理を作る彩矢は笑顔で答えた。

「リビングでビールでも飲みながらテレビを見て待つとするか」

「はい、ビールをお持ちしますわ！　冷蔵庫にビールが沢山冷やしてありました」

島田は『新婚生活なら、この様な感じだよな！　昔結婚した時はまだまだ会計士見習いで給料も安くこの様な生活は出来なかったなぁ！　もしこの様な生活なら二人は上手くいったのだろうか？　元々性格が違っていた様な気がするが？』その様な昔を思いだしながらリビングに座ってテレビを点けた。

夜になって気になった葵が、確認しようと律子に電話をかけてきた。

律子が公夫に聞いた話を膨張させて怒りをぶちまけて話すと、葵が「何故？　既に女の人と交際しているお父さんが、私達の事を世間に拡散する様な事を書くのよ！」と同じく怒りを露わにした。

「あの葛城って先生の差し金よ！　小説家になれるとでも煽てられたのでは？」

「馬鹿馬鹿しい！　色呆けの戯言がなんで小説なの？　面白くない。私絶対に許さないわ！」

怒って電話を切る葵は直ぐに俊介に電話した。

着信音を見て葵だと判った俊介は何を言われるかはわかっているので無視していた。

その後葵は何度も電話を掛けた。俊介は母親のお世話で出られないこともあったが、分かっても無視を続けた。

「私を無視するのね！　お父さんが泣く様な事をしてあげるわ！　許せない！」

電話にも出ない俊介に憎悪が益々高まる葵。


島田は、ダイニングテーブルに並んだ料理を見て「おおー彩矢さん上手だね！　素晴らしい」と色とりどりの料理に喜ぶ。

「お待たせしました！　先生のお口に合うか分かりませんが召し上がれ！」

ワインのコルクを開け始める島田は手慣れた感じだ。「彩矢も飲むだろう？」

「少しなら！」笑顔で答える。

自分の料理を見て「白にしたけど赤が良かったですね！」そう言って照れる。

「僕は白が好きだから、これで良いよ！」

ワイングラスに注ぎながら笑顔で言う島田は最高の時間だった。

「これがビーフシチューでしょう、これは大根と生ハムのサラダ、サーモンの塩漬けでウオッカが少し入っているのよ！」ワインを飲み始めると料理の説明を始めた彩矢。

二十八話

楽しい時間は過ぎ去り、名残惜しい島田は彩矢にここに泊って帰る様に勧めたが、彩矢は着替えも無いから今夜は帰りますと軽いキスだけするとタクシーで自宅に帰った。

島田も執拗に迫って嫌われても困るので、この場は身を引こうと我慢することにした。

「私にはこの様な贅沢な生活は似合いません！　先生とは身分が違い過ぎます！」エレベーターの中で彩矢は呪文の様に独り言を言っていた。

先程も食事の最中「僕との結婚考えて貰っているかな？　今夜の様な気分を毎日味わえるなんて最高だよ！」

「お口に合いました?」

「勿論ですよ! 料理は味も彩りも最高でした。お上手です!」島田は絶賛した。

彩矢が自宅に帰った頃、弓子が電話で「大変よ! 小説が再開されているわよ!」叫ぶ様に言った。

「えっ、今日は見てなかったわ! 今までの投稿が全て読めるの?」

「違うわ、一話目だけ投稿されているけど、明日以降二話三話と投稿されるだろうからそのうち全部読めるわ」

「分かった、直ぐに読んで見るわ、ありがとう!」

電話を切るとすぐにスマホで小説サイトに入り『遠い記憶』を検索する彩矢。

手が震えて小さな画面をスムーズに触れない。

「あった!」叫ぶと同時に文章を読み始める彩矢。

主人公の夏木俊介が紹介され、その妻が律子で子供が中学生である。

妻の実家がコンビニのオーナーで五店舗を経営している。

二十四歳の綾子は学資ローンの返済の為にスナック『青い鳥』に勤める。

「私に似ているわ」独り言を呟く。

初日に偶然夏木俊介が取引先の社長を連れて店を訪れる。

俊介が初めて彩矢に会った印象が細かく繊細に書かれていた。

それは本当に好きでなければ絶対に書けない文章と思われる。

髪型、スタイル、仕草が八年前の彩矢そのものと同じだった。

「これってキャバクラで俊介さんに会った時？」読みながら思い出そうとするが、一話目はその部分で終わって、弓子が話していた自分の姿を見た俊介の気持ちの描写はまだなかった。

「次の投稿で判るのかな？　これ本当に俊介さんが書いたの？　青い鳥と赤い鳥で似ているけれど、『赤い鳥』を知っているはずはないし」と独り言を言いながらまるで暗記でもするかのように同じ文章を何度も何度も読み返している彩矢。

私が勧める『赤い鳥』を知っていたら、小説にして私を探す必要もなくお店に来るはずだろう。


律子の家族に接する態度の表現は多少柔らかい文章に変えるなど、ありのままでなく多少修正を加えていた。

次が待ち遠しいと思いながらも、酒の影響もあって携帯を手に持ったまま眠ってしまった彩矢。

俊介は以前とよりペースを上げて書いているので、週に一話の投稿ではなく週に三話の投稿を考えていた。

二十二日の次は二十四日の昼に投稿する予定で、パソコンをたたいていた。

一話目を投稿しただけで、その反響の大きさがわかったので嬉しくなる。

殆どは再開を喜ぶメールで、早く以前投稿していた処まで上げて欲しいと言ったお願いのメールも数十あった。

律子と実家の家族に一応誠意を見せる為に書き直したので、整合性を調べる作業も増えていた。


翌日、昼間の仕事に行っても、幾度と無くスマホのチェックをする彩矢。

だが何も変化もなく、島田先生からの御礼の電話がかかってきた。話の最後に「益々彩矢と一緒に暮らしたくなった。早く返事が欲しいな、新婚旅行はハワイに行こう！」とまで言われた。

「ありがとうございます。私には勿体ない様なお話で、まだ信じられません」

「嘘ではない！　本当の事だ！　本気だ！　考えて欲しい！」と懇願する島田。

彩矢の頭の中では小説の更新がいつ行われて、本当に俊介が書いているのか？　そして自分を探しているのか？　それだけが気になっている。

だがその日は更新されず彩矢の期待は翌日に先延ばしになった。

二十三日の夜になって、だれも予想できない信じられない事件が起こった。

星原の東京営業所の入っているマンションの前に、夕刻から人影が現れた。

それはパーカーを頭から被った葵だった。荒木を青木彩矢と間違えて尾行し始めたのだ。

再三俊介に電話をしたが相手にされず、それなら自分と母を棄てさせた青木彩矢に直談判を試みようとしていた。

ところが、葵は途中気が変わって彩矢の自宅に押し掛けて、彩矢の亭主に二人の関係を教えてしまおうと考え始めた。

荒木則子を見れば見る程、母に比べてただ若いだけで容姿は断然よくないと思う。

荒木は新小岩で電車を降りると、駅前の繁華街からすぐにひと気のない住宅地に入った。もう少しで自宅に着くところで、後ろを振り返った荒木は「きゃー」と大きな声を発した。

駅から尾行されているように感じていた荒木はそれを確かめたのだった。

葵は、見つかってないと思っていたのに急に叫ばれたので驚いて立ちすくんでしまった。

荒木の家族と近所の人が路地からすぐに出て来た。

「奥さん！　どうされました？」

「変な人が尾行して！」そう言って葵を指さした。

数人の人に直ぐに取り押さえられた。

「交番に連れて行け！　不審者だ！」

「何だ！　若い娘じゃないか？」

「おい、この子ナイフを持っているぞ！」

「奥さん危なかったね！　この子知っているの？」

恐る恐る荒木は覗き込む「知らない人です！」

「お前！　何で奥さんを尾行した？」

「……」口を真一文字にして何も言わない葵。

サイレンの音とともに、駅前の交番から警官が白バイで駆けつけた。

警官に近所の人は状況を説明し、荒木も駅から尾行されていたと話す。

住民が取り上げた折りたたみのナイフを警官に差し出した時、パトカーも到着した。パトカーの警官2人が下りてくると「とりあえず来てもらおうか」と葵をパトカーに乗せ交番へ向かった。

その間も一言も喋らない葵、どの男が彩矢の旦那か判るまでは黙秘を決めていた。

警察で喋れば自然と彩矢の旦那には伝わり、破滅させられるとまだ考えている葵だ。

二十九話

葵は名前を尋ねられても何も言わない。

「荒木の奥さんに何か恨みでもあるのか？」

「大ありよ！　父を盗んだ女よ！」それだけ言うと再び黙秘する葵。

葵の持ち物からは身元が判る物は何もない。

「泊って貰って明日取り調べだ！　正直に喋れば情状酌量になったのに残念だったな！」

「あの女が不倫していると旦那さんに教えてやれば？」捨て台詞の様に言う葵。

「荒木の奥さんが誰と不倫しているのか？」警官が尋ねる。

「私の元父よ！」

警官が「何処の誰？　お前は誰？　携帯以外何も持ってないし、暗証番号も教えなければ何も判らない！」それだけ言うと交番から葛飾署に連行した。

「あの娘！　貴女が不倫して自分の父を盗ったと怒っていますよ！　心辺りありますか？」

「えっ、私が誰と不倫するのですか？　彼女の名前は？　誰ですか？」怒り出す荒木則子。

亭主も驚いた顔で「お前誰かと間違われているのか？　ナイフ持っていたので危なかったぞ！」と言った。

「誰と間違われるのよ？　今考えると事務所から尾行されていた気がするわ！」

「事務所って？」警官が尋ねる。

星原の東京営業所だが、最近は前の所長さんがお母さんの病気の看病に帰られてから営業課長が所長を兼務し、一ヶ月の内十日程しか営業所には来られませんと則子は説明した。

「前の所長さんは独身ですか？」

「はい、離婚されていましたね。去年の十二月に本社に戻られました」

「その所長さんの事でしょうか？」

「違うと思いますよ！　その所長さんは思いを寄せている人がいらっしゃる様です。時間があればその女性を思い出しては小説を書かれていましたね」

「小説ですか？　素人なんでしょう？」

「そうですよ。ネット小説に投稿されていた様です」一二度ネット小説の自分の投稿について感想を聞かれた事があったので、荒木則子は知っていた。

「でも、途中で投稿を中止されて元気が無かったですね」

「何故ですか？」関係はないと思ったが警官は気になって尋ねた。

「実話の様で本人からクレームが出た様です」

「素人は実話しか書けないからな、ありそうな話ですね。題名とか覚えていますか？」

「いいえ、一度教えてくれたのだけど忘れました。記憶がなくなったとか記憶何とか？　だったかと思いますが、あまり興味が無くてよく覚えていません。すいません」

警官はどう考えてもあの娘が荒木則子を勘違いしている様に思えて、明日娘に詳しく聞くまでは判らないと判断した。

一晩葛飾署に泊められた葵は何故この様になってしまったのか？　刺しておけば気持ちも収まったのにと腹立たしくて眠る事が出来なかった。


翌朝行われた取り調べで、葵から真っ先に昨日の女に自分が話した事を伝えたか尋ねた。

「荒木さんは全く意味がわらない話だと驚かれた様だ」

「旦那さんを騙す為に芝居をしているのよ。悪い女はそんな事は平気でするのよ！」

「君は名前も言わないが、関西の人か？」

「君の元のお父さんと荒木さんが浮気をしているのか？」黙って頷く葵。

半分涙目になっている葵。

「名前と住所を言わなければ帰れないぞ、荒木さんを恨む気持ちはわかるが、お父さんに直接言わないで何故荒木さんを狙った？」

「あの女は知らないいって言っているの？」

「今なら、別に何も事件にはなってないから、住所と名前を言えば身元引受人に来て貰うが、話したらどうだ？」

「……」

「君の元のお父さんと荒木さんは関係ないと思うが、何故あの荒木さんに拘るのだ？」

「それは、調査会社にお爺さんが調べさせたの！」

「資料を持っているのだな！」頷く葵。

二人の警官に説得されて渋々携帯から調査の写真を出す葵。

そして自分の名前は森田葵、阪和大学の一年生だと話した。

「確かに、これは荒木則子さんの写真だ！　間違い無い！」

「えっ、荒木則子？　違うよ！　荒木彩矢ですよ！　警察も騙すのね、恐い女だわ！」

「おいおい、この写真の女性は荒木則子さんだよ、どうして荒木彩矢だと？」

「調査会社の資料に書いてあったわ」

「しかし、娘さんは一流の大学に通っているのに調査会社の資料に簡単に騙されるのだね」

「そんなー、騙されたの？　じゃあ青木彩矢はどこに？」

「それは警察では判らない、調査会社に地元の警察が事情を聞きに行くが詐欺の可能性が高い。この様な調査会社が時々いる様だ！　傷害事件になっていたら取り返しがつかない事態になっていたな」

その言葉を聞いた葵は、うな垂れて泣き崩れ、その後再び無口になった。

直ぐにその調査会社に地元の警察が行き、葵の身元引受人は両親が来ることになった。

本当は母親だけで良いと思ったが、父親にも確かめたいと警察は思った。

何も知らない俊介に警察から電話があったのは朝の十時だった。

荒木則子さんを娘さんが襲おうとした事情を聞いて、驚いた俊介は直ぐに投稿小説を削除した。

必ず小説の話が出てきて自分が巻き込まれる事が予感されたからだった。

サイトは閉鎖せずに小説のみを削除し、今後のなり行きを見る事にした。

同じ様に律子にも葛飾警察から呼び出しの電話があり、気絶する程驚いた。

父の公夫に話さなければ塾の授業に影響があると思った律子は、仕方なく事務所にいる公夫にも電話で伝えた。

まだ正確な事情は分からないが、葵が東京に行って青山彩矢さんと間違えて、荒木則子さんを尾行して警察に捕まっていると説明した。

公夫も調査書を思い出して「荒木ってあの男の愛人の青木彩矢ではないのか？」

折り返し自宅に電話をして律子に直ぐに調査書を持って来る様に指示したが、その顔面は蒼白だった。

「取り敢えず私は葵を迎えに行きます。詳しい事が判れば連絡します！」

律子は急いで小倉空港に向かう準備を始めた。

同じ様に福岡空港に向かう俊介、警察に呼び出されては拒否が出来ない。

何故荒木さんを……俊介は唐突な出来事に驚くだけで全く事情がわからなかった。

三十話

小倉に比べて便が多い福岡空港から飛んだ俊介は律子より早く羽田空港に到着した。

律子はやっと夕方羽田空港に到着するとすぐ様葛飾署に向かった。

「お父さんが迎えに来られたぞ」

「どうして来たの？　父には会いたくない、追い返して下さい！」葵は警官に怒る様に言うが
「両親が揃われてやっと釈放になるから、お父さんにも感謝しなさい！　福岡から急いで来られたのだよ！」

「女の尻を追い掛けている助平には用事はないわ！」

中学生で感受性が強い時に棄てたか棄てられたのだろうから、相当父親嫌いになっていると思った。

俊介は別の警官に色々と尋ねられて、状況の説明をしていた。

「それでは娘は青木彩矢さんと荒木則子さんを間違えたのですか？」

「ナイフを持っていましたから、少し間違えば傷害事件になるところでした」

「でも何故間違えたのでしょう？」

「奥さんの実家のお父さんが探偵社を雇われて、俊介さんの行動を調べていた様ですね」

「えっ、既に離婚して数年経過しているのに何故？」

「それはわかりませんが、その探偵社が悪質であなたと一緒に働いていた荒木さんの写真を写して、青木彩矢さんだと報告した様です」

「えっ、それで葵が？」

「荒木さんの御主人の前で暴露して、関係を絶とうした様です。逆上していたらナイフで刺したかも知れませんね」

「何と言う事を！　何の関係もない荒木さんに……」言葉を詰まらせる俊介。

「兎に角何もなかったので、お母さんが来られたら一緒に帰って下さい」

「その探偵社もここに？」

「いいえ、福岡で地元の警察に調べられているでしょう」

「それで終りですか？」

「義里のお父さんが訴えたら、犯罪にはなりますが大した罪にはならないのでは？」

「……」

「娘さんに先に会われますか？」

「本人が会いますか？　一応身元引受書には署名させて頂きますが」

俊介は葵が自分に会う事は絶対にないと思った。

自分の彼女をもしかしたら、殺害したかも知れないのに自分に会う筈もない。

もしも荒木さんに何か起こっていたら自分はどの様にお詫びをしたら良いのだろう？　俊介はそう考えると背筋が冷たくなった。

身元引き受けのサインが終わると俊介は「葵の事は元妻に任せます。私は荒木さんにお詫びに行って来ますのでこれで失礼致します」警官にその様に言うと「それが良い様だな、娘さん相当興奮しているからな」そう言って俊介の申し出を受け入れてくれた。

俊介は、もう既に暗く今夜は羽田空港の近くにでも宿泊することに決め、新小岩の駅前で洋菓子を買って、荒木の自宅に向かった。

荒木に事情を説明して謝ると「悪質な探偵社を雇われていたのですね。それにしても既に別れて何年も経過している元の亭主の調査をするなんて、相当悪い人達ですね。所長さん別れて正解でしたね」そう言って逆に褒められた俊介。

「兎に角大事にならずに幸いでした。本当にご迷惑をお掛けしました」と俊介は深々と頭を下げて荒木の自宅を後にした。

「彩矢！　大変よ！　また投稿消えたでしょう？」

「そうなのよ！　更新されるのを楽しみに待っていたのに、消えて終ったのよ。何も書いて無いでしょう？　心配になるわ」

その夜遅く『遠い記憶の作者、春木一夫さんが急な病気で入院されましたので、再開を延期したいと申し出がありましたので、ご連絡致します』と文章が掲示された。

「何？　再開して直ぐに病気で延期？　どうなっているの？」弓子が携帯の画面を彩矢に見せ

て怒る。

「病気って書いてあるわ？　入院って癌？　事故？」急に心配になる彩矢。

「彩矢の彼氏だね、その心配顔はそれ以外無いわね、島田先生が聞いたら悲しむわよ！　相当彩矢にお熱だからね」と弓子が冷やかす。

その島田先生は彩矢の休みの前日には必ずやって来る。

最近では火曜日以外にもランダムでやって来る島田を、彩矢は接客するが、アフターは火曜日以外受け付けなかった。

一週間に多い時は三回、少なくても一度は会っている二人。

最近では冗談が通じ合うのか笑い声もよく聞こえるようになった。

店の女の子の間では「島田先生は彩矢さんに本気かも知れないわ」の噂が出る程だった。


自宅に帰ってもサイトを開いて病気で入院の文字を見つめる彩矢。

本当に俊介さんだろうか？　本当に自分を探しているのだろうか？　本当は私の事など忘れて家族で楽しんでいるかも？

もう少し詳しく聞いておけば直ぐにでも連絡が出来るのに、ラインも削除してしまったから連絡は無理。床についてもその様な事を考えながら熟睡出来ない。

東京から帰った俊介は、洋子にメールで事件の事を、名前を伏せて報告した。

俊介は投稿を止めたいと申し出たが、洋子の「綾子さんを諦めるの？」の言葉に他の方法がないかとを模索する事にした。

洋子はもう部分的に投稿するのは難しいので、最後の手段は一気に最終回まで発表するか、本にして出版する方法しかないと教えた。

しばらく考えた俊介は、纏めて一話ずつ洋子さんに送りますから読んで下さいと返信した。

最終回まで読んで頂いて、修正して一気にサイトに掲載したいと申し出た。

今回の事件で俊介に痛手が残っていると思う洋子は、この申し出を受け入れる事にして、直接のアドレスを俊介に送った。


結局俊介も彩矢もお互いの気持ちがわからず、別れた時の状態を引きずっているので、あと一歩が踏み出せない。

「好きです！　貴女の事が今でも好きなのです！」大きな声で言いたいが「今頃変な事言わないで、私には旦那も子供もいるのよ！　今頃大昔の事を言われたら困るわ！　家の中に波風を立てて！　何を考えているの！」お互いが同じ様な事を考えていた。

三十一話

公夫は、探偵社の藪内の報告内容が虚偽だったことが原因で、孫娘が事件を引き起こしてしまったと探偵社に対して告訴をした。

当初探偵社が調査費を返金しますので、今回の件は穏便に済ませて欲しいと頼んでいたのだが、公夫の怒りが収まらなかったのだ。

法外な慰謝料と藪内が業界で仕事が出来ない状態に追い込むと息巻いていた。

だがこの公夫の告訴に対して、逆恨みした藪内探偵社は暴力団系の仲間に相談し、その日から森田塾の周辺に暴力団関係の人間の嫌がらせが始まった。

森田塾は、その後徐々に生徒数が減る事になった。


俊介は、以前投稿していた文章までは問題なく順調に進めたが、その後の話を書き上げるのには時間がかかり、やっと洋子に送ることが出来たのは桜の花が満開になった頃だった。

弓子が彩矢に「全く再開されないわね！」と話をすると彩矢は「もう忘れたわ、私を捜していると言う話も本当だろうか？」と心にもない事を言って自分を諦めさせようとしていた。

「でも彩矢には心辺りがあったのでしょう？」

「もう五年も前の事よ、変な期待をしただけね」

「そうね、今は島田先生に……」言葉を濁らせる弓子。

弓子は先日島田先生に「彩矢に好きな人がいる様な気がするのだが、弓子！　何か知っているなら教えて欲しい！」と高級寿司をご馳走されて問い詰められていた。

島田先生は、マンションを与えて求婚しても、はっきりとした返事をしない彩矢に痺れを切らしていた。

口ではいつまでも待つとは言ったが、例のネックレスと時々意味なく泣いた姿が心に残って本当に待っても良いのか心配なのだ。

「先生も彩矢と既に関係あるのでしょう？　何が望なの」

「結婚したいのだ！」

「えーー」弓子の声が裏返った。

「本気なの？　税理士先生の奥さんに、本当？」

「私は本気だ！　それも本人に話したが中々返事を貰えない、ひょっとして誰か好きな男がいて忘れられないのでは？」

「……」

「何か心辺りがあるのだろう？　教えてくれ！」

島田の執拗な問いかけに弓子は島田が本気だと思い始めた。

「前にも話したでしょう？　彩矢ね、昔不倫していたのよ！」

「不倫か？　前に聞いた話か？　もう少し詳しく教えて欲しい」

「五年間以上付き合ってね、でも自分から別れたと言っていたわ。その後本人も結婚をしたけど上手くいかなくて離婚して東京に戻って来たのよ。それからは昼間洋服店、夜はスナックで働いているでしょう」

「それは知っている。その不倫の相手とよりを戻したのか？」

「いいえ、一度も会ってないし、話もしてないと思うの」

「五、六年間、一度も会ってない男を思っているのか？　自分から去って？　馬鹿げた話だ！」

「そう、そうなのよ！　本当に馬鹿げた話なのよ」

「好きなら直ぐに相手の気持ちを確かめれば良いじゃないか？」

「それがお互い名前以外何も知らなくて、電話番号もお互い別れた時に消してしまったのよ、ライン電話かな？　だから確かめる事も話す事も出来ないのよ」

「男は諦めて奥さんの所に帰ったのだろう？」

「それが男は離婚した様なの」

「何故その様な事が判るのだ、電話も住所も知らないのだろう？」

「それが……」口籠もる弓子。

「弓子さん！　教えて欲しい！　私は彩矢を幸せにしてやりたい！　東京であの様な生活……」今度は島田が口籠もった。

「実はネット小説に彩矢の元彼が投稿したかも知れないの？」

「以前に聞いた話と同じか？　彼氏は小説を書くのか？」

「彩矢はその様な事は聞いた事がないと言うのですが、小説の中の主人公が彩矢そのものだったのです」

「彩矢は認めたのか？」

「彩矢は読んでないのです。私が読んで彼女に伝えたら急に削除されていました」

「じゃあ弓子が、主人公が彩矢に似ていると思っただけか？」

「はい、そうです。登場人物が夏木俊介と青山綾子なのです。不倫で愛し合った二人が別れて、俊介が綾子を忘れられずに捜す話でした」

「彩矢の彼氏の名前と似ているのか？」

「そう、全く同じで俊介だったのです」

「偶然だろう？　結末は？」

「途中までしか投稿されずに削除されました」

「まあ、素人の作品だから、途中で行き詰まって止めたのだろう？　彩矢の昔の彼氏とは関係ないだろう？」

この言葉に弓子はまた最近再開された事や、現在病気で休止になっている事は話せなかった。

それでもサイト名と題名だけは島田は聞きだして手帳に書き留めた。

手帳をポケットにしまう時、自分の名刺が床に落ちた事が判らずに、帰った後弓子が気付いたが「ＫＳ会計事務所所長、島田喜一！　何処かで見た記憶があるわ」そう思いながら自分のポーチにしまい込んだ。

島田は弓子から聞いた話は、以前聞いた時はそれ程気にならず聞き流していたが、今回は気になってしまった。

翌日渋谷に買い物に行った弓子は「あっ！　あれだ！」と看板を見上げて絶句した。

大きな会計事務所所長、即ち社長さんだと驚いて看板に見とれてしまった。

「彩矢に本気で惚れている？」そう口走ると弓子の心は決まった。

何処の誰かもわからない男を思い続けるより、金持ちの先生の妻になった方が断然良い。でも先生は身分を彩矢に隠している。

どの様に二人をゴールさせるか？　二人が一緒になれば多少でも自分にも恩恵があるはずと思い始めた弓子は力が入った。

二月に一旦は再開された小説だが、その後再開される事無く初夏が近づいていた。

その小説作りは、洋子と俊介の二人三脚で進んでいた。

俊介が原稿を送り、洋子が文法とか誤字、脱字を修正する作業分担がいつの間にか出来上がっていた。

三十二話

島田、彩矢、弓子、そして森田の家族はそれぞれに、時折サイトを検索していた。

その中で一番気にしていたのは島田かも知れない。

森田公夫が訴えた籔内探偵事務所は、故意に騙したのでは無く、間違えた結果なのでその分は、調査費を返却している為罪はないと主張を始めた。

その間違えた調査資料で、荒木則子を問い詰め襲ったのは全く我々の調査資料とは別の問題だと主張した。

間違えればナイフで殺傷の可能性もあったので公夫は譲れない。

四月からの生徒数は以前に比べて減少していて、暴力団関係者に脅迫されているのだと世間で噂されるようになっていた。

どちらにしても公夫側は示談しかなかったが、示談金の主張金額と新聞に謝罪文の掲載をのせさせるなどの要望が通らず、話し合いが拗れて行った。

公夫は六月になってから、葵がこの様な事になった根本の原因は、元父親俊介が投稿小説を掲載した事が大きいと新たな主張をし始めたので、裁判所は公夫の新たなこの問題提示に苦慮することになった。

今回の藪内探偵社の偽報告書とは別の物だと藪内の弁護人は主張、だが実際その小説が何処にも無いので真意が判らない。

裁判官は再開された場合、一応参考書類として読ませて貰うと言った。

公夫は自宅で「今後小説が再開された場合、この際だから名誉毀損でこの小説も訴えるのはどうだろう?」と家族に話した。

「病気で遅れているけど再開の可能性は充分あるわ、今回葵がこの様な事件を起こした背景もわかるので訴えましょう！」と律子は賛同した。

「そうだな！　葵も気が晴れて、あの葛城准教授の名誉も壊さないと気が悪い！」

「あの先生が推薦しなければ、この様な事件は起こりませんでした！」喜子も一緒に怒る。

「全てはあの男の不倫が原因だ！　今更ながらに許せない！」

「そうよ！　律子も葵も何も悪くないわ、葵が起こした事件も気持ちを考えれば理解出来るわ」喜子もそう言って、三人の話は小説が再開されたら名誉毀損で訴える事で一致した。


俊介は、時間が取れず執筆が中々進まない状況にあった。

母聡美の再入院もあり、また東京の事件の後、課長が出張を減らしてしまったので俊介が東京へ行く回数が増えたのだ。

漸く完成に近づいたのは盆休みになってからだった。連続休暇が出来たので一気に進ませることが出来たのだ。

葛城洋子も夏休みは時間があるので、校正もスムーズに進み俊介に『この調子なら、今月中に終わるわね！』とメールを送った。

『ありがとうございます。最後は巡り会って終りにする予定で変更しました。近日中に送りますので読んで下さ』と俊介はメールを返した。

『楽しみだわ！　現実でもその様になれば良いですね』

『ありがとうございます。僕はそれだけが望みですが、もし彼女が幸せな結婚生活を送っていたなら、おめでとう！と言って、あの時はどうして？とは聞かないつもりです』

『それが良いわ、彼女の生活は壊したら駄目よ』

『僕の生活は壊れてしまいましたけれど、彼女の生活は壊してはいけないと思います。だから彼女しか分からない時と場所を書く予定です』

『えっ、場所も時間も書かずに終わるの、じゃあ会えないの？』

『小説では会える様な感じにしますが、現実はどうなるでしょう？　先ず小説を彼女が読んでいるか？　今でも自分の事を覚えているか？　そして愛しているか？　家族と幸せに過ごしているなら来ないと思います』

『でも意味深な話ね、作品的には面白いけれど、春木さんはそれで良いの？』

『わからなければそれまでですからね、運ですね』

　メールが終わって洋子も俊介も疲れた表情を見せた。

　洋子は、俊介の彼女への思いやりと、自分の思いを諦めようとする姿が目に浮かんだのだ。

　作品としては面白いが、投稿しても読んでもいないし、例え読んだとしても会う事がないかも知れないと思うと心苦しい。

数日後、最終話を書き終えた俊介は、早速洋子に送った。その翌日すぐに『最高よ！　この様な結末に……感動よ！　ネットで駄目なら本にしましょう。私の知り合いに出版社の社長がいるから、見せるときっと喜ぶわ』と返事が来た。

『ありがとうございます。本になるのは素晴らしいですね』

『ネットで駄目でも本なら読む意志の人しか買わないから、内容も緩和される筈だわ』

その言葉は名誉毀損の問題を俊介に伝えていた。

『取り敢えずネットに投稿したいと思います』

『それって、彼女の誕生日が近いのかな？』

『……想像にお任せします』

『図星だわね！　九月か十月には載せましょう』

『宜しくお願いします』

数日後、洋子は再び最初から読み直して、二度目の校正を始めると、彼の意志を尊重したいと益々思うようになった。

知り合いの出版社社長、小杉克に電話をした。

「面白い小説があるんだけど本に出来ない？」

「自費出版なら多少駄作でも良いけど、普通に出すなら売れないから難しいな」

「私の推薦でも？」

「先生の目は確かと思いますが、今ネットに押されているので出版物は簡単には売れないぞ」

「一度会いましょう、是非読んで貰いたいわ、ネットでは人気だったのよ！」

「先生が授業で読むのを勧めたのだろう？」

「よくご存じですね！」

「過去に五冊程紹介されて、出したけど殆ど売れなかったな！」

「でもその中の三冊は自費出版だったから儲かったでしょう？」

「まあな！　今回はどちらだ！」

「自費は難しそうだわ、普通のサラリーマンらしいわ」

「それなら、難しいと思う」

「まあ、一度時間を下さいよ、来月東京に行くからその時に」

「じゃあ、時間またメール下さい、時間作ります」

「ありがとう！」

　葛城准教授はネットに投稿しても、再び事件が勃発する危険を感じていた。

三十三話

九月になって深夜の寿司屋で島田が彩矢に「もうそろそろ返事をくれても良いだろう？　随分と時が過ぎたのに何も返事をくれないなぁ」

「色々考えたけれど、先生とは住む次元が違うと思うのです。先生は有名な会計士さんで私とは釣り合いません。先生は冗談でおっしゃったので、今まで何も言われなかったのだと……」

「馬鹿な！　私は彩矢にじっくりと私を見て決めてもらおうとその為の時間を充分与えていたのだよ」

「えっ、先生を見る？」

「それで決めて欲しいのだよ！　私は本当に本気で彩矢を妻に迎えたいと思っている」

「でも先生と私では釣り合いません！」

「ネックレスの男を待っているのか？　手紙かメールでも待っているのか？」

敢えて投稿サイトの話はしないで尋ねる。

「また先生はネックレスの男性で責めるのね。もう随分昔の話で顔も忘れましたよ！」

「もしもまた付き合って欲しいと言われたらどうする？」

「……その様な事は絶対に有りません。だって電話番号もお互い知らないのよ！　勿論住所も、どうやって連絡が来るのですか？　しかも私は電話番号も変更したのよ！」

向きになって話す彩矢だが、自分に言い聞かせている様であった。

「そう怒らずに冷静に、ただ返事が欲しいだけだ！」

「じゃあ、今年一杯、いえ十一月一杯待って欲しいです」

「理由は？」

「……何となくです」

彩矢は俊介の小説が今も気になっていた。

もし自分を探す為に小説まで書いているのなら、自分も諦められないと思うのだ。

弓子の話では俊介は離婚して、妻も子供も一緒には住んでいない。

そして自分を探しているのなら……会いたい！　会って彼に謝りたい気持ちがある。

「本当に十二月になったら返事が貰えるのだね？」島田は念を押す様に言うと、彩矢は小さく頷いた。


数日後葛城洋子は東京に来ていた。

来週投稿する俊介の小説『遠い記憶』の原稿を持って風雲出版の小杉克に会いに来たのだ。

約束の場所で久しぶりに会った小杉は葛城を見るなり開口一番「葛城先生！　気合いが入っ

ていますね」と白髪の髪を掻き上げながら言った。

その様は、傍から見ると如何にも文学を学んだ感じの男に見える。

小杉は若い頃、有名大学の文学部に籍を置きながら小説家を目指し色々な賞にチャレンジしていたが、どの賞もいつも最終選考までは残るのだが、結局表彰される事は一度もなく作家活動を断念した。

その後は自費出版を中心の出版の仕事に転向し、既に三十年の歳月が流れていた。

小杉の案内で二人は料理屋に向かった。

「中々良い店を知っていますわね」暖簾を手で押して入って行った店は、あの『きむら』だった。

「小杉社長！　お久しぶりです！」店主の紀村がわざわざ厨房から出て来て出迎えた。

「随分ご無沙汰していましたね、今夜は有名な先生をお連れしましたよ」

軽く会釈をする葛城を見て「あっ、テレビで時々拝見しています」紀村が笑顔で軽くお辞儀をした。

紀村も自分が知っている俊介の小説の話をここでするとは考えてもいない。

「ここの親父も昔は文学青年だったのですよ、見えないでしょう？　いつの間にかペンが包丁に変わったのですよ、なあ！」

照れ笑いをしながら「社長、冷やかさないで下さいよ！　中学生の頃の話しですよ」

「だがな、この親父その時賞を貰ったのですよ！　私の手が届かなかった賞ですよ、羨ましい話だ」

「子供の賞を貰っただけですよ！　作文コンクールですよ」

「金賞ですか？」洋子が口を挟んだ。

話ながら奥の座敷に案内された二人。

「そうですよ、全国大会の一位ですよ、大した男です！」小杉が言うと照れ笑いで「もう勘弁して下さいよ、料理を運びます」

父親が料理店をしていたので後を継いだ形だが、現在の場所に来たのは隣のホテルが開業した時だった。

「ああ見えても結構本を読むのですよ。批評も的確なので以前出版するか悩んだ本を読んで貰った事もあるのですよ」

「この作品にも懐石料理の店が登場しますね、何だか似ている様な気がします、それ程確かなら、もう一部コピーして来れば良かったわ」

「先生は相当その作品に惚れていますね、電話の声でわかりましたよ、また僕が読み終わったら、読んで貰いましょうか？」

そこへ料理が運ばれて来て、お酒を飲み始める二人。

しばらくして葛城が「実はこの作品をサイトに投稿すると、作者の義理の父が名誉毀損で訴えて投稿差し止めになる可能性があるのです」

「それは内容が実話に近いって事ですね！」

「そうですね、実話で無ければ中々書けない部分も沢山ありますからね」

「素人の作品は実話かそうでなければ、まったく理解できない空想作品が多いですからね」

「ですから、話題性は多いと思いますよ！」

「なるほど！　先生の意図はわかりました。面白いなら本にしても良いかも知れないですね」

「それに、作者の娘が先日新小岩で事件を起こしていまして、警察に一晩泊らされた様です」

「それもなかなかの話題ですね、傷害ですか？」

「未成年でそこまでは無かった様ですが、作者の愛人と作者が勤める会社の事務員を間違えた様です」

「それは、その事務員さんにはとんだ災難だ」

「親子の確執、夫婦間の問題、義理の父親の暴走、なかなか面白そうでしょう？」

「不倫による家族の崩壊がテーマかな？」

「本人は自分の不倫の愛がテーマだと思っていますが、私には後者の崩壊の方が強い様な作品に思えますすね」

「一度読ませて頂きます、また新小岩の事件も調べてみます。現在出版が三冊重なっていまして、その後になりますが」

「お願いします。この料理美味しいですね！」葛城洋子は料理を堪能していた。

三十四話

小杉が読むのを待っていたが、一向に返事がないので、十月になって葛城洋子は見切り発車でサイトに掲載する事を決めた。

その動きをいち早く入手していたのは意外にも島田だった。

弓子に聞いていたサイトを調べて、関係者に近づき情報を聞き出していたのだ。

その島田が昼間「弓子頼みがある！」切羽詰まった声で電話を掛けて来た。

「先生が私に電話って珍しいわ！　急用？」

「例の小説が明日十二時掲載されるらしいのだが、何とか彩矢に小説を読ませない様にして欲しい！　読んで、もし私の元から去るようなことになれば辛いのだ。何とかか助けてくれ！御礼は充分させて貰う」

「えっ、本当に明日掲載されるの？」

「間違いない！　私はサイトの関係者に聞いた！」

「えっ、先生そこまでするの？」

「そうだ！　私は彩矢に……」

「でも彩矢も時々サイトを見ているようですが、どうやって見せなくできるの？」

「そうだ！　携帯を紛失させてはどうだ！」

「でも新しいのを買うでしょう？」

「見せないのは来月末までで良い。もう少し早くても大丈夫かも知れないが、取り敢えず隠して欲しい！　頼む！」

島田の懸命の頼みに、彩矢が何処の誰かも判らない男に未練を持っているのも良くないと考えた弓子は、その頼みを聞く事にした。

その日の夜、彩矢がトイレに行った隙に彩矢の携帯を自分のバックに電源を切ってしまい込んだ。

しばらくして彩矢が「携帯が見当たらないわ！　弓子知らない？」と尋ねた。

「先程の団体客、彩矢と同じ様な携帯持っていたわ！　間違えて持って帰ったのかしら？」

「えーー困ったわ」

「明日にでも持って来るわよ！」

「でも携帯が無いと色々困るわ」

「パスワードがわか判らなければ開かないでしょう？」

「それはそうだけれど、連絡とか出来ないし！　困ったわ！」悲痛な表情の彩矢。

心では悪いと思いながら、彩矢の為よ！　我慢してね！　心の中で詫びる弓子。

店が終わってもしばらく捜していた彩矢は、溜息をついて自宅に帰って行った。

新しい携帯を買うのも高価でなかなか直ぐには買えない。


翌日島田の言った通りサイトに『遠い記憶』全四十話が一気に掲載された。

弓子が確認した頃、同じく島田も確認をすると、弓子にお礼の電話をかけて礼を言うと彩矢の携帯を買い取ることを申し入れた。

だが二人共小説を読む時間が無く、その日はそのまま仕事をして時間がとれる夜に読もうと考えた。


葵と律子も殆ど同時に小説の投稿を確認していた。

二人は直ぐに読み初めて自分達が悪く書かれていないかを確かめるのだった。

また、律子から連絡をもらった公夫はすぐに弁護士のところに飛び込むなり「名誉毀損で訴える！」と大声で言った。

弁護士にサイトに目を通して、裁判が決するまですぐに掲載の差し止めを申請出来ないのかと詰め寄った。

弁護士も全く読んでいないが公夫の勢いに負けて、サイト運営者に連絡をした。

十二時に掲載されて、十六時にはサイトの運営者に弁護士が連絡するスピードだった。

運営側の一人河野は葛城先生から予め問題が起こると聞いていたので、弁護士に「運営で検討して対処致します」と返事をしていた。

「早いわね！　読む間もないわね」河野から連絡をもらった葛城洋子は呟いた。

夜仕事が終わって読もうとサイトを開いた島田だったが、既に中身は削除されており『遠い記憶は内容に個人を傷つける部分があるとの指摘で、話し合いが終わるまで休止致します。再掲載の時期は未定です』と再び表紙に掲載されているのを見た。削除の時間は午後六時になっていた。

森田家の執念を感じていた俊介はこうなろうと予想はしていたが、こんなに短時間では彩矢が読む筈がないと思った。

だが短時間で流し読みをして涙を流していた女性が一人いた。

「何処の誰なの？　こんなに愛されていたの？　信じられない！　会いに……」と独り言を言って絶句していたのだ。

それは葵だった。葵はその日を境に何も苦情を言わなくなったのだった。

自分が不倫相手の彩矢に嫉妬して、間違えた荒木則子を襲い、家庭を壊された事実を暴露することで彼女の家庭を同じように壊そうとしてしまった事を恥じていた。


翌日「葵！　また暴走したら駄目よ！　サイトの小説は取り敢えず削除されたからね」

葵が再び彩矢を捜すか、父親の俊介を襲う事を心配した律子から警告の電話があった。

結局律子も読んでいる途中で削除されたので最後までは読んで無かった。

「お母さん！　もうお父さんを許してあげて……」と声を詰まらせる葵。

突然の言葉に「な、なにを、言い出すの？　葵！」驚いて言葉が出ない律子。

「お父さん、本当に彩矢さんの事好きだよ！　もう私達の入れる隙間は無いのよ！」

「何を……」

「私小説を最後まで読んでわかったのよ。お父さんは彩矢さんが大好きなのよ！　ただそれだけ……でも会えないのよ、話をして謝りたいのか？　おめでとう！が言いたいのよ！　何も言わず突然別れたから心残りなのよ！　邪魔をするのは辞めよう！　お父さんは会う事が出来ないのに必死なのよ……」途中から涙声に変わった葵。

「お父さんに同情してどうするのよ！　不倫して私達を騙して、お爺さんの事まで書かれて侮辱されたのよ、許せないわ！」

「毎年、彩矢さんの誕生日に待っているって、最後に書いてあるわ？　会えないのに待っているらしいわ、そんな事出来るの？」

「何処で待つのよ」

「判らないわ、二人の思い出の場所って書いてあるだけよ、だから私達にはもう手が届かないの！　ゆるしてあげましょう」

「変な小説に感化されたのね！　冷静になりなさい！」と怒った口調のまま電話が切られた。

葵の話で一層憤慨した律子だったが、念のためもう一度小説を読もうとしたが既に読めなかった。

三十五話

「弓子さん、既に小説は削除されたようだ。彩矢の携帯はもう返してやってくれ！」

「もう良いのね。確かに小説は読めなくなっているわ、またトラブルなのね！」

「まあ、内容を読む前に削除されたが、弓子さんは読んだのか？」

「いいえ、読もうと思ったら既に消えていたから全く読んでないのです」

「私も読もうと思ったのだが、全く読めなかった」

「私は以前十話程流し読みをしたけど、詳しく読んでないのです」

「何が問題になっているのだ？」

「詳しくはわかりませんが、作者の家族がクレームを出しているのでは？　離婚された奥さんとか？　少し内容にその様な文章がありましたからね」

「まあ、何か問題を抱えている事は確かだな。彩矢をその中に巻き込むのは防がねばならん！もしも結婚となれば揉め事が耳に入らない様に海外に行かせることも考えている」

「えっ、海外に彩矢を？」

「そうだ！　夜の世界の垢を流す為とでも理由を付けて、知り合いの会社の仕事を手伝わせたい。一人で行くのは不安だろうから、その時は弓子さん一緒に行ってもらえないか？」

「えっ、海外って何処ですか?」

「ハワイで友人が旅行会社をしているから、その辺りなら良いと思う。一年程行ってくればこの騒ぎも収まっているだろう」

「流石は先生ですわ！　それなら国内のごたごたも彼女には聞こえませんね、ハワイ良いなあ！」

弓子は既にハワイに行った気分になっていた。

島田は、この騒ぎが彩矢の耳に入ったら、彩矢は本気で彼を捜し始めてしまい、自分は見捨てられるかもしれないと思って、自分も会えなくなるがこれが最善の方法と考えたのだ。

来月中に返事がもらえたら直ぐに準備を整えさせて、正月明けには一緒にハワイに連れて行こうと計画を立てた。


携帯が手元に戻った彩矢は早速サイトを覗いて「えっ」と驚きの声を発した。

『遠い記憶は内容に個人を傷つける部分があるとの指摘で、話し合いが終わるまで休止致します。再掲載の時期は未定です』

「これってどういう事なのかな?　見た?」彩矢は弓子に自分の携帯の画面を見せながら聞いた。

「私も見ていなかったけれど、何か揉め事になっている様ね」

「これって最近掲載されたたって意味かな?」

「内容を見るとそんな感じにも思えるけれど、私最近見ていなかったから分からないわ」

弓子は、彩矢がサイトを見ない様に携帯を隠したのが自分であることを心の中では詫びた。

島田からこれからも色々お世話になるので、取って置いてくれと五十万もの現金を受け取っていた。

弓子は、何処の誰とも判らない男を待つよりお金持ちの先生の妻になるのが幸せに決まっているのよ！　これも全て彩矢の為にしたのだと心の中で納得させた。


何事も起こらず彩矢は島田との約束の日を迎えてしまった。

溜息を吐きながら島田からの食事誘いを聞いた。

十二月五日の水曜日、夕方一緒に食事行く約束をした。

「一度一緒に行った懐石の店に行くか?」その様に言われたが、彩矢は俊介との思い出がある場所で結婚の承諾はしたくは無かった。

結局渋谷にある島田の行きつけのレストランで会う事になった。

丁度同じ頃俊介の携帯にショートメールが届いた。

『お父さん！　彩矢さんに会えたかな？　私はお父さんの味方だよ！　頑張って！』葵からの意外なメールだった。

『ありがとう！　小説を読んだのか？』俊介は葵に返信をすると『私、間違っていたわ！　お父さんは、彩矢さんに会う為に素晴らしい小説を書いたわ』

『ありがとう、でも会えなかった！　また来年だ！』

葵はネットに投稿されて直ぐに彩矢の誕生日が来るのだと推測していたのだ。

『彩矢さんの誕生日は知らないけれど、会えなかったのね！　掲載時間が短すぎるよ！　お爺さんが意地悪したのよね』

『また来年だ！　ありがとう葵！』

『お父さん！　ファイト！』

短時間の掲載でも葵は小説を読んでくれたのか？　そして自分を応援してくれていると思うと、先日の失望の日が吹き飛んだように新たな力が湧いてきた。

俊介は、彩矢に会いたくて二十六日から二十七日に思い出の場所に行って待っていたのだったが、姿も見ることが出来ず失望の思いを抱いて帰って来たばかりだった。

微かな期待は失望に変わり脱力感が支配していた矢先の葵のメールによって、喜びが湧いて来たのだ。

同じ日洋子から『ネットで投稿が出来ない状態になりましたが、知り合いの風雲出版の小杉社長に出版の相談をしたところ、前向きに検討するとの電話がありました。来年三月を目処に検討されます』

『ありがとうございます。自費出版でしょうか?』

『違いますよ！　小杉社長が読まれて納得されたら、商業出版してくれる予定です。忙しくて半分程度しか読まれていないところですが、メールが届きましたよ』

『既に読んで頂いたのなら、期待出来ますね！』

俊介はネットに掲載されなくても出版されれば彩矢の目に入ると期待をした。

十二月になって、彩矢は島田と約束した日に渋谷のレストランに向かった。

「彩矢さん、その服は僕が先日プレゼントした物ですね。お似合いだ！」嬉しそうに迎える島田先。

「はい、先生に頂いた洋服を着て参りました。ご返事はおわかりですね」

「わかった、ありがとう！　待った甲斐が有った、嬉しいよ」

食事が始まると「私は、まだ先生の妻になる事に自信がないのです」

「洋服屋の店員と夜のスナックの仕事だから？」

「……」頷く彩矢に「実は一年間程夜の仕事の垢を落としてもらってから、私は彩矢を妻に迎えたいのだが？」

「……意味がわかりませんが？」首を傾げる彩矢。

「ハワイに一年間程仕事留学して欲しいのだよ」

「ハワイ？　あのハワイですか？」驚く彩矢。

「私の友人がハワイで旅行社をしているのだが、日本人の案内係を捜しているので、そこへ行ってもらえたら嬉しいのだよ。私は、しばらく会えなくなるのは辛いが、彩矢さんは、心身共にリフレッシュ出来ると思うのだよ」

「……」驚いて声も出ない彩矢。

三十六話

「いきなりハワイに行けと言っても戸惑いますよね。実は弓子さんと二人で一緒に行って欲しいのですよ」

「えっ、弓子さんも一緒に行くのですか?」急に笑顔に変わる彩矢。

「私は最初一緒に行きますが、仕事があるので直ぐに帰って来ます。現地の友人の指導で日本人の観光客相手のお世話の様な仕事ですから簡単ですよ」

「英語は必要ないのですか?」

「日本人のお年寄りが大半らしいですよ。だから日本人の人が良いのです。一年程ハワイで過せば健康的に昼間の生活に慣れますから、夜の仕事は忘れるでしょう」

彩矢は弓子と一緒に行けるのなら、ハワイも悪くないし島田の言葉通り、夜の仕事から昼間の生活に変われるのではと島田先生の優しさを感じていた。

「帰って来たら結婚式を挙げてけじめを付けてから、一緒に生活を始める事にしよう!」

「ありがとうございます。そこまで私の事を考えて頂いて……」そう言って目頭を押さえる彩矢。

翌日彩矢が弓子にそのことを話すと、既に聞いていると言って一緒に行こうと乗り気になっていた。

すっかり彩矢は弓子の話に引っ張られて、ハワイでの生活の話に終始していた。そして夜の仕事も昼間の仕事も辞める決意を固めた。

意外にもママは二人が辞める事に抵抗も見せないで、喜んでくれた。

勿論裏で島田のお金が動いていると、弓子はママの様子を見て直ぐにわかった。


年が改まって2018年一月、俊介の元に葛城洋子からメールがあった。

『小杉社長が読み終わって、とても面白い作品でしたとの評価をもらいました。近日中に社長は友人に念のため読んで貰ってから、友人の評価が良ければ製作に取りかかるそうです』

『友人って何方でしょう？　出版関係の方でしょうか？』

『そうではないようです。昔、文学青年で賞も取られたとの事で、小杉社長が信頼されている方とのことです』

『いよいよ、自分の小説が本になると思うと気持ちが高ぶりますね』俊介は大いに期待を持った。


同じ頃、彩矢はハワイに向かう準備に忙しくしていた。

長年勤めた洋服店とスナックは昨年末に退職し、一月の終りにハワイに行くために必要なものを取り揃えていた。

島田は二泊四日の弾丸旅行になる予定だ。

島田には確定申告の時期に重なる為、ゆっくりと旅行気分になれない事情がある。

本当は年始に直ぐに行く予定だったが、弓子と彩矢の準備が遅れて出発は1月末になっていた。


二月になって懐石料理の『きむら』に風雲出版の小杉が原稿を持って訪れた。

「紀村さん、先日電話で話した面白い小説を出版するのだが、一度読んで貰えないか?」

「誰の作品だ! 自費出版か?」

「素人だよ! 以前葛城先生とここに来ただろう、その時に頼まれた作品だよ。中々素人の作品は売れないから、自費出版なら構わないと思っていたのだが、いざ読んで見ると中なかなかリアルで面白い。体験談でなければ書けない内容だったよ」

「体験談? 何の体験談だ?」

「不倫から離婚だよ。ネットに掲載したため、元嫁に名誉毀損で告訴されているらしい」

「それは曰く付きだな」

「まあ、話題性があるので売れる可能性も有る。紀村さんが読んで評価が良ければ三月には出版しようかと思っている」

「責任重大だな」そう言いながら大きな封筒に入った原稿を受け取った紀村は、封筒を持っただけで「これなら、十万文字か！」と言った。

「流石鋭いな！　十万文字に少し足りないくらい。千五百円以下で売りたいので理想かも？」

紀村はすぐさま封筒から出して「遠い記憶ってタイトルか？　春木一夫ってペンネームか？」

「多分そうだろう、普通本名では出さないから。それでも元嫁に見つかって訴えられたのだよ！」

「それじゃ、預かって読ませて貰うよ！」

その後、小杉は奥の部屋へ行って一人で飲み始めた。

しばらくして店が混雑してきたので、ひとりで飲んでいる小杉に部屋を変わってもらおうと奥の部屋へ行った女性店員が「御主人！　た、大変です！」と血相を変えて厨房に飛び込んできた。

「どうした？」

「小杉社長の意識が有りません！」

紀村は直ぐに包丁を置いて奥の部屋に急いだ。

小杉を一目見るなり「動かすな！　救急車だ！」と叫んだ。

脳溢血か？　脳の障害だと見てすぐに判った紀村。

ほどなく救急車が来ると、紀村は店を若い者に任せて救急車に一緒に乗り込んだ。

病院で緊急手術を行ったが、その甲斐も無く、翌日の朝小杉の死亡が確認された。


その数日後に、訃報が届いた葛城洋子は呆然となった。

懇意にしていたが、東京と大阪なので用事が無ければめったに会うことがない。

しばらくして冷静になった洋子は、春木の小説を思い出した。

俊介に本にしてくれると期待させていたので、今更小杉社長が亡くなられて中止になりましたとは言い悔い状況であった。

彼が失意の底に落ちてしまうかもしれないと思うと、メールをする事が出来ない。

葛城は、早く別の出版社を捜して出版に結び付けようと思い始めた。

だが素人の小説を出版してくれる出版社は見当たらないのが現実だった。


ネット小説の掲載は、藪内探偵事務所の問題とリンクしている事が判明したので、結審するまで投稿は禁止になってしまった。

公夫は律子に「どうだ！　投稿は出来なくなっただろう？」

「藪内探偵事務所はなかなか諦めないですね」

「裏で暴力団とも関係しているから、強気になるのだろう。弁護士には長期戦は覚悟だと言ってある！　目的のひとつは達成した」公夫は嬉しそうだ。

示談交渉だけなのだが、公夫と藪内の双方とも話し合いに応じないので、暗礁に乗り上げた状態だった。

今となってはお詫びの文章など必要としない公夫だ。

塾の生徒は明らかに減少しているが、それは自分達が原因だとは思っていない。

この頃は、律子や祖父母らと葵との間には殆ど会話が消えていた。

三十七話

島田は一日だけの新婚旅行の気分を味わうと、嬉しそうに日本に帰国した。

久しぶりの彩矢との肉体関係は島田に安心感を与えた。

当分は日本の出来事は彩矢達には伝わらないことも心に余裕を与えていた。

騒動が終わって来年の春には日本に帰るだろうから、それまでに新婚家庭に必要な物を揃える事を島田は楽しそうに考えていた。

ハワイ旅行は既に実現したので、新婚旅行にハワイ以外に何処へ行きたいだろうか？　結婚式をする事を約束したから、場所も彩矢の希望を聞いてからだ。

六十歳に近い島田は子供の様に夢を描いていた。

三十七話

いよいよ俊介が待ちに待った春になった。そろそろ自分の本が出版されるので連絡を待っていたが、洋子からも出版社からも何の連絡もない。

サイトは洋子との連絡の為に閉鎖せずに置いてある。

最近では表紙に書かれたことわり書きも消えて、応援メールも殆どなく『遠い記憶』は題名さながらにサイトの中でも遠い記憶になっていた。

今年から教授に昇格した葛城も小杉が亡くなってから、ゼミの授業で『遠い記憶』の話題をだす事がなくなっていた。

常に気になっていた葵は、四月のゼミの授業時に「去年教授が推薦の『遠い記憶』ですが、サイトでも書籍でも全く見ないのですが、どの様にすれば読む事が出来ますか？」と質問をした。

俊介の娘で事件を起こした張本人だとは葛城は知らない。

「森田さんは少し読まれましたか？」

「全て読んで感動したので、他の人達にも読んで頂きたいと思いまして、教授に読む方法を教えて頂きたいのです」

「えっ、森田さんは最後まで読んだの?」短時間しかサイトに掲載されていなかったのに、どの様にして読んだのかと驚く葛城。

「はい、短時間で最後まで読みました。教授の推薦された通り感動しました。特に恋人がいつ来るかも判らないのに、ひたすら待ち続ける俊介に涙が止まりませんでした!」

「そうですね、私も感動しました! 実話の様でしょう?」

「実話です!」葵の言葉が教室に響いた。

「えっ! 何故実話だと?」

「待っている姿が目に浮かんで……」涙ぐむ葵。

「森田さんはそれ程感動されたのですね。物語が実話の様に映ったのね。皆さんが読める様に努力しますので、もうしばらく待って下さい」で話を終えた葛城。

授業の後も葛城は考え込んだ。何故急に森田葵があの様な話をしたのだろうか?

研究室に戻ると事務員に森田葵の学生調書を持って来る様に指示をした。

届いた書類を見てしばらくして「この子も両親が離婚しているから感動したのね。実家は学習塾か?」独り言の様に調書をくまなく読んだ。

葛城は、葵の境遇が似ているので感動したと決めつけたが、あの六時間の間に一気に読んだ人が何人かはいるのだ。もしもあの小説の中の綾子と言う女性が読んでいたら、わずか六時間でも読んだ可能性はゼロではないと思った。

五月になって俊介は痺れを切らして、洋子にメールを送り付けた。

春先は母の具合が悪く、入退院を繰り返していたので忘れていた。

メールを受け取った葛城は返事に苦慮していたが、やはり事実を伝えなければとメールで小杉の病死を伝えた。

勿論、他社で引き継いで出版してくれないか交渉していますと付け加えた。

『そうですか、病死ですか？』落胆の文章が届く。

俊介は直ぐに風雲出版を調べると、サイトが既に閉鎖されて見る事が出来ない。

事業を引き継いだ別の出版社が、過去の書籍を発売はしている様だ。

小杉のワンマン的な出版社だった様で、小杉が亡くなった時点で閉鎖も致し方なかったのだ。

懐石料理店の紀村は、小杉の突然死した事件以来、預けられた原稿の事をすっかり忘れていた。

ゴールデンウイークの休業日に、店の掃除と整理をしている時に棚の片隅にあった原稿袋を見つけた。

「あの日に預かった原稿か？」救急隊員が来た時、棚の上に置いた記憶が残っていた。

「小杉の最後の仕事だったのか？」そう言いながら原稿を取り出す紀村。

この作者の春木一夫って何処の誰なのだろう？　本が出版されると心待ちにしていただろうな？　そう思いながら読み始める紀村。

しばらく読んで「こ、これは！」と口走ると最後まで一気に読み切り、大きく溜息を吐いた。

この作品の女性はこの店に何度か来た？　作品の中に登場している店は明らかに自分の店の様な気がする。

小杉はそれを知っていて、自分に読んで欲しいと頼んだのだろうか？

間違いない！　小杉はこの作品を読んでここが舞台になっていると思ったのだ。

それはこの登場人物が昔この店を訪れた？　作者も？　そう考えるが咄嗟には何処の誰なのか思い出せない。

小杉は、私に作者と綾子さんを繋げられる出来る可能性があると思ったのか？

紀村は掃除をする為に休みの店に来たのに、完全にこの原稿に惑わされてしまい暗くなるまで読み返した。

自宅に原稿を持ち帰り再び最初から読み始める紀村。

奥さんが「どうしたの？　急に原稿を読み始めて、小杉さんはもう依頼しないでしょう？」と覗き込む。

「この原稿な、小杉が亡くなった日に持って来たのだよ。今日まで忘れていたが、思い出して読み始めたのだけれど、うちの店が登場して私の事も書いてあるのだよ」

「えっ、それって主人公は店のお客さんなの？」

「多分そうだと思うのだけど、何処の誰なのか判らない。思い出せない！」

「いつ頃の話なの？」

「多分十年近く前だろう？　でも何度か来ている様だな。店の細かい事が書いてある。豪雨の時に女性と店に来た様で、女性は初めての様だが男性は何度か来ている様だ」

「小杉さんこの作品を本にする予定だったの？」

「多分そうだと思う。不倫の恋愛小説だが、中々リアルで面白い！　お前が読んだら泣くだろう」

「えっ、私が泣くの？　本読んで泣く事……有ったわ！　昔漫画を見て笑い転げて涙が出たわ！」そう言って大笑いをする紀村の妻。

三十八話

数日後、紀村の留守の間に原稿を読んだ妻は「可哀想ね！　この二人会えたの？」そう言って涙を流しながら紀村に尋ねた。

「実話に近いのだろうが、会えてないと思うな。でも頭の片隅に主人公が浮かんできそうな気がするが思い出せない！」と紀村は絶えず思い出そうとしていたのだった。

「これ本にしたら売れるかも知れないわね、この思い出の場所って何処なのか興味あるわね」奥さんは小説の世界に思いを馳せる。

「二人共うちの店に来た人なのだろうけど、思い出せない。男性は何度か来ている様な気がするし、女性も二度か三度は来られたのかも知れない」

「そうなの？　それじゃあ尚更思い出してよ。小杉さんの為に、二人を会わせてあげなさいよ！」

「あっ、そうだ！　昔テレビに出ていた大学の先生ならわかるかも知れない。あの時小杉さんに原稿を渡した様な気がする」

「誰よ！　直ぐに電話をして聞けば男性はわかるから、女性も直ぐにわかるわ！」

急に力が入る二人は、今度はその大学の先生で行き詰まった。

翌日ネットで検索して漸く葛城教授を捜し当てた二人。

早速電話をしたが葛城は「私も二人の名前も職業も知らないのですよ。男性の名前は判るかも知れませんが、彼がその彼女を捜す為に書いた小説ですから彼女の方は判らないですね。作品としては素敵でしょう?」

「はい、中々上手に書けていると思いますね。小杉さんは、店にこの原稿を持って来られた時に倒れられたのですよ。何か私に捜して欲しいと言われている様で……」

紀村は敢えて自分の店も登場していますとは言わなかった。

判らないのなら仕方がないと諦めてしまった。


夏が過ぎて秋が来た。

『今年も頑張って!　お父さん!』葵のショートメールに背中を押される様に俊介は小説に書いた場所に一泊二日で向かった。

前日に母の聡美はさり気なく『明日から出張だろう?　気を付けて行っておいで』そう言って見送った。

母には自分が何をしているのか、既に見破られている様な気がした。

娘の葵も彩矢の誕生日を知っている訳でもないが、何となく秋だろうと思ってメールを送ったのだ。

　だが、結局それは失意が増して、俊介が疲れ果てて帰るだけとなった。


　その頃、森田家は長引いた藪内探偵との和解が成立していたが、森田の家の人以外には誰も知りたい人はいないので、何事もなくこの一件は終わった。

　勿論サイトに掲載出来るようになっているが、その事を俊介に伝える人は誰もいない。

　葵は相変わらず律子達と口を利かないので当然耳には入っていない。


　ハワイでの仕事は楽しいので弓子と彩矢はなかなか日本に帰りたいとは言わない。

　島田の友人も二人がいて助かるので離さない。

　島田が正月休みを利用してハワイに迎えに行ったが、友人から「先生！　直ぐに帰っても、あなたは確定申告で忙しくて、新妻とは楽しめないだろう。本人もハワイの水に慣れて楽しく仕事をしているから、三月まで置いてやれば？」と言われた。

「まあ、直ぐに結婚式をする時間もないからな」

「今夜は新婚気分を味わって、一人で帰ってくれ！　彼岸過ぎに必ず送り届ける」

　その様な話をしているところに、彩矢が入って来て笑顔で島田に挨拶をした。

信じられない程日焼けをして、元気で明るい感じになっていた。

どちらかと言えば色白だったのに、見違える様な小麦色の肌になっていたのだ。

「先生、お久しぶりです。ハワイは楽しいですね。見て下さい、日焼けが凄いでしょう?」

褐色の腕を見せて言う彩矢は元気溌剌だ。

「本当は連れて帰る予定だったが、この男に頼まれて三月までいて貰う事にしたよ。仕事が終わったらホテルに来てくれ、食事をしよう!」

「はい、わかりました! 丁度老夫婦が同じホテルに宿泊していますから、早めに伺います」

そう言うと笑顔で事務所を出て行く彩矢。

その後島田は一晩だけ彩矢と楽しんで翌日には一人寂しく帰って行った。

確かにこの時期は一年で一番忙しい島田だった。


その後、島田の友人は先生を脅かせる為に、彼岸の少し前に二人を日本に帰らせる事にした。

勿論島田には内緒で、確定申告の終わった日にハワイを旅立って帰国した二人。

飛行機の中で「日本に帰ったら何がしたい!」と弓子。

「先ずは美味しい日本料理が食べたいなあ!」

「そう! 私も同じ! ハワイの日本料理美味しいけれど、何かが違うのよ!」

「浜松町に美味しいお店が在るからそこに行きましょうよ！」

「それって、リステッドホテルの近くの店？」

「えっ、弓子知っているの？」

「ええ、行った事ないけど噂で聞いたわ」

弓子は島田が彩矢を連れて行ったのだろうか？　でも少し変な尋ね方だった様な？　少し気になったが、会話が終わって眠る事にする二人。


久々に日本に戻った彩矢は、羽田空港に降り立つと、急に思いだした様に小説サイト『エブリディ』を検索してサイトに入って確かめた。

絶えず頭の片隅には俊介がいるのを感じていたのだ。

島田ともう直ぐ結婚だとわかっているが、心の炎は小さくてもまだ燃えているのを感じていた。

「誰かに連絡？」急に尋ねる弓子に「両親に連絡しようかと思って」そう言って誤魔化してサイトを見る。

しかし何処にも『遠い記憶』の記述もなく、以前は表紙に書かれていた文章も既に消えていた。

「ふぅーー」大きく溜息を吐いて「行きましょうか？」羽田からモノレールに乗り込むと時計は夜の八時過ぎになっていた。

タクシーで懐石料理店『きむら』に向かうとお客のピークは過ぎており、空席が目立つ店内に入った。

大きな荷物を入り口近くに置くと、カウンターに座る二人。

「いらっしゃいませ！」中から店主の紀村が出迎えて彩矢の顔を見るなり「あっ！」と声が裏返った。

咄嗟にこの女性ではと思い出して「何度目かですね？　豪雨の時にいらっしゃいましたね！」思わず尋ねてしまった。

「よく覚えていらっしゃいますね！　もう随分昔ですのに……」と言った彩矢の背筋に突然何故か雷鳴が響いていた。

三十九話

紀村は完全に記憶が蘇っていた。

この女性の名前は知らないが、この小説の原稿を書いた人は九州から仕事で来ていた春山さんと思いだした。

仕事も自宅も知らないが時々横のリステッドホテルに宿泊して、食事に来てくれた事を思い出した。

「彩矢！　良いお店知っているわね！　私取り敢えずおトイレに行って来るわ」

「懐石定食で良い？」

「はい！　お願いするわ」

弓子が消えると「昔一緒にいらっしゃった方からの預かり物あります、自宅に置いているのですぐ持って来させます」

「えっ、誰かからの預かり物？」不思議な顔の彩矢に「そうですよ！　貴女以外の方には必要のない物です。半時間程で届きますから持って帰って下さい」

彩矢には理解不能の話だ。

『この店に自分が来る事を俊介さんは知らない筈だし島田先生かな？』

『何故？　私宛の預かり物がここに届けられたのだろう？』不思議そうな顔をすると「どちらの鞄が貴女のですか？　後でそっとそこに入れて置きますので自宅で見て下さい」

「はあ……」意味がわからず返事をする彩矢。

彩矢はこの店を過去三回訪れていた。

一度は雷雨の時俊介と、二度目は結婚前に須永とその家族で、三度目が島田と来た。

人生の転機にこの店に偶然来ているのか？　でも俊介さんと来たのは一度だけの筈なのに誰が何をこの店に預けたのだろう？　いつ手渡せるか判らないのに「あの……」と尋ねようとした時、弓子が戻って来ると紀村は口に人差し指で内緒と示した。

紀村は厨房の奥に消えると「おい！　原稿の主が現われた！　直ぐに持って来て欲しい！渡してあげる！」と自宅の妻に電話をした。

「えっ、本当なの？　私顔が見たいわ！　男の方女の方？」

「女性だ。海外に行っていた様だ」

「良かったわね、ロマンチックだわ！　誕生日いつなの？」

「知らないよ！　破れない様にして持って来て欲しい、頼んだよ！」

奥さんは電話が終わるといつの間にか溢れ出た目頭の涙を拭き取った。

「良かったわ！」嬉しそうに呟いた。

毎日の様に「思い出しなさいよ！　可哀想じゃないの」が最近の口癖だった。

でも女性の方が本当に独身？　子持ち？　今度はその事が気になる妻は、すぐに電話で確かめずには我慢出来なくなって折り返し電話をかけた。

「男の人が誰か判ったの？」

「ああ！　春山さんって九州の人だ！　最近は来られないが良く知っている」

「綾子さんって女性は独身？」

「見た感じでは独身の様だな、海外から今帰って来たらしい。同僚か友達と一緒だな！　鞄のステッカーからみてハワイに旅行？　いや長い間行っていた様だな！　持って来たら入り口にある茶色の鞄に袋のまま入れて貰えるか？　知り合い一緒だから見せると騒ぎになる」

「春山さん！　可哀想だね！　毎年一人で彼女を待っていたのよね！　でも独身なら望あるわ！　直ぐに行くわ」と急に元気になった。

　彩矢達は目の前のカウンターの席なので紀村は「ハワイに旅行でしたか？」食事が始まると尋ねた。

「違うわよ！　旅行会社の仕事を手伝っていたのよ」弓子が食べながら答える。

　彩矢は先程の話が頭に残って食事が進まない。

「彩矢！　日本料理食べたいって騒いでいたのに、進まないわね。美味しいわ、御主人の料理最高！」「ビールも飲んで気分が良くなった弓子が褒める。

　しばらくして調理が終わった紀村は、再びカウンターの中から「二人共独身ですか？」と尋ねた。

「この人はもう直ぐ結婚！　玉の輿！　私は独身の婆になりそう」そう言って微笑む。

「えっ、結婚されるのですか？」驚いて尋ねる紀村。

結婚するなら、あの原稿は不味いだろうと思った時、妻の顔が玄関に見えた。

「いらっしゃいませ！」と挨拶をしながら店に入ると、目の前に大きな荷物が四個程在るが、直ぐに茶色の鞄を見つけた。

大きく手を振って入れるな！のアクションをする紀村だが、奥さんは早く入れてこちらに来い！の指示と勘違いをした。

丁度カウンターからは見えない角度にあるので、妻は何のためらいもなく鞄の中に押し込む様に原稿を入れると厨房の方から入って行った。

「入れて来たわ！」

「止めてと言っただろう！　結婚するらしい」

「えっ、結婚？　じゃあ駄目じゃないの？　取って来るわ」再び厨房から出ると、既に鞄は彩矢の隣に移動していた。

「久しぶりの日本料理で美味しかったわ！　今夜は私が払うわね」鞄の袖に財布が入っていた様だ。

「そう？　ご馳走様！　もう直ぐお金持ちになるから良いか！」そう言って笑う弓子。

既に店内には弓子と彩矢しか客は残っていなかった。

二人はタクシーを呼んで大きな荷物を積み込むと満足して帰って行った。


「大変だぞ！　あの様な原稿読んだら破談になるぞ！」

「旦那さんになる人に見せるかな？」

「違うよ！　あの小説を読んで冷静で結婚出来るか？」

「私なら結婚止めるわ、ロマンチックじゃないの？　何処で待つのかな？」

「お前は呑気だよ！」呆れる紀村だが、もう元に戻す事は出来ないと覚悟する。

春山はもう随分店には来てないので連絡の方法も無い。


タクシーは弓子のマンションを経由して、彩矢のマンションに到着した。

運転手に手伝って貰ってエレベーターに荷物を載せると、大きく溜息を吐く彩矢。

約一年半近く留守にした自宅に帰るので、気が抜けた様になったのかも知れない。

マンションの部屋に入ると「カビ臭い？」そう言いながら、カーテンを大きく開いて窓を開ける。

春先の空気が一気に室内に流れ込んで、外から以前と同じ夜の景色が目に飛び込んだ。

色々な電化製品のコンセントを刺して、最後に開いていた冷蔵庫の電源を入れて扉を閉める。

羽田で買った飲み物を冷蔵庫に入れようと、茶色の鞄を開いた時大きな封筒を見つける。

『きむら』の御主人が話していた物ね、何なの？　原稿の包を取り出してペットボトルのお茶を持って冷蔵庫に放り込む。

左手に持った包をテーブルの上に無造作に置いた。

その封筒から原稿が飛び出して彩矢の目に飛び込んだ。

表情が一気に変わる彩矢「何！　なんなの」原稿が飛び出して、『遠い』の文字が封筒からはみ出していたのだ。

四十話

『遠い』の文字に「こ、これは?·」とすぐに封筒から原稿を取り出した。

あれ程待っていたのに、今頃何故あの料理屋さんにあるの？

遠い記憶　　作者　春木一夫

同じ物だろうか、誰かが悪戯で預けたのではないかと疑う。弓子？　違う！　『きむら』行く事は今日決めたのだから。

島田は今夜の帰りは知らないと安心して、読み始める彩矢。

「これは、間違いないわ」一話目は自分が読んだもので、今でも暗記している文章だった。

二話目を読み始めるともう文字が霞み始める。

新岩国駅前の喫茶店でスマホの画面を見せられて、言葉も無く去って行く自分の姿が描かれている。

俊介以外絶対に知らないこの状況描写は、俊介か知り合いが書いたのは間違いないと確信した。

読み始めた彩矢はもう途中で止める事は出来なかった。

内容は妻と離婚して、私の事を愛している表現が各所に書かれ、強く会いたい気持ちを描いている。

時の経つのも忘れて二時間以上読み続けた彩矢は最後の文章のところでは、涙が溢れ落ちて文字が読めなくなっていた。

『綾子と僕は時計の長針と短針だ！　君の誕生日に二回重なる時、僕は身体が動く限り二人の思い出の場所で毎年君を待っている！　この小説を読んで、もし少しでも僕の事を……』最後に書き終わった日時が書き留められている。２０１７・９・20となっていた。

自分の誕生日は既に二回過ぎている事がすぐにわかった。

この小説を読んだ彩矢は、時間と場所が分かるのは、この世に私しかいないと思う。

俊介さんは二回も待っていたのだ！　そう思うともう彩矢の涙は止まらない。

夜が明けるまで何度も何度も同じ文章を呪われた様に読み返していると、とうとう朝が来た。

最後の文章からは、私が結婚して子供もいて幸せに暮らしていたらどうしようと躊躇っている事がよくわかった。


朝の八時頃ようやく自分を取り戻した彩矢は、原稿を渡してくれた『きむら』に行って俊介の住所か電話番号を聞こうと思った。

そして何故この原稿が『きむら』に預けられたのか？　それが知りたいと思った。

今年の自分の誕生日まで待てる気がしなかった。

すぐにでも会いたい、自分の事を死ぬ程愛している事はもう充分過ぎる程小説を読んでわかった。

『きむら』は昼の食事も提供しているのを知っていたので、おそらく営業していると思った彩矢。早速出かける準備をしていた時、携帯が鳴り響いて「彩矢！　昨日帰った様だな。ハワイから電話で教えられたよ。俺を喜ばせようと早く帰った様だな」島田先生の声が携帯から聞こえた。

「はい」

「元気がないな！　疲れているのか？　時差呆けか？」

「はい」味気ない返事の連続。

「今夜会えないのか？」

「はい」

「本当に彩矢か？　どうしたのだ？　結婚式の打ち合わせもしたいから、今月中に一度会おう！」

「疲れていますので、またの機会にお願いします、それでは」電話を切ってしまう彩矢。

「おい！　どうした！」既に切れた電話に大きな声を出す島田。

島田はすぐに弓子に電話をして確かめたが、昨夜は日本料理を食べて元気でしたとの答えだった。

「何か変わった事は？」

「何もありませんよ！　『きむら』って料理屋で懐石定食を食べただけですよ」

「何！　『きむら』？　浜松町の？」

「そうですよ！　美味しかったですよ」

島田は『きむら』で何かあったのか？と執拗に尋ねたが、弓子は全く何も無くタクシーで帰りましたと答えた。

だが気になる島田はその夜、急遽『きむら』に行く事にした。


彩矢は、昼前は忙しいと思って少し時間を遅らせて、一時過ぎに『きむら』に入った。

「いらっしゃい」と紀村の声に呼び込まれるように入ると、運良く客は数人しかいなかった。

「昨夜は……」

紀村は驚きながら「あっ」と言い、彩矢の腫れた目が寝不足を現しているのがわかった。

「少し待って下さい！　カウンターを片付けますからね」紀村が店員に食事の終わった器を片付けさせる。

彼女が再び訪れる事は予測出来たが、まさか翌日の昼に目を腫らせて訪れるとは思いもしなかった。

「焼き魚定食お願いします」カウンターに座ると遠慮しながら注文をする彩矢。

しばらくして紀村が彩矢の前に来て「どの様にして原稿を手に入れたのか?でしょう?」

「はい、俊介さんが持って来たのですか?」

紀村は出版社と小杉の説明をして、この店から救急車で運ばれて亡くなった事、本にならなかった訳を話した。

自分も随分棚に置き忘れていて、約半年振りに読んで感動したが登場人物と舞台が自分の店である事に気付いたが、その人物が誰なのか判らないまま時間が過ぎたと説明した。

「昨夜、貴女を見た時急に思いだして、作者が春山さんだった事も思い出しました」

「私、青木彩矢と申します。名乗るのが遅くなりました。すみません」と謝った。

焼き魚定食が目の前に並べられたが、箸を付けないで聞いている。

「召し上がりながらどうぞ!」

「はい」と答えるが箸を付けない。

「春山さんは?　ここへ来られないのですか?」

「最近は来られませんね、九州に帰られた様ですね」

「えっ、九州ですか?」

「一度その様な話を聞いた事があります」

結局会社の名前も電話番号も知らないと紀村が答えて、ようやく箸を持って食事を始めた彩矢。

「あの小説の最後に思い出の場所って書いてありましたが、わかるのですか？　長針と短針の意味も？」

「はい、私にはすぐにわかりました！　話をした事があるのです。でも私の誕生日は随分先なので、もっと早く会いたいのです。お待たせ頂いて申し訳なくて、今年は諦めるかも知れないでしょう？」涙声になる彩矢。

「大丈夫ですよ！　動けなくなるまで毎年待つって書いてありましたよ！　元気を出して下さい」と元気付ける紀村。

四十一話

彩矢は紀村に自分の携帯番号を伝えて何かわかれば連絡が欲しいと頼んだ。

結婚間近ですかの話は紀村の方から出来なかった。

昨夜連れの女性が話した事だが、今その様な事を聞ける雰囲気では無かった。

夜、その『きむら』に島田がやって来て、彩矢の写真を見せると「この女性が昨夜こちらに来たと思うのだが？」と尋ねた。

紀村はハワイからの帰りに友人の方と一緒に食事に来られましたと答えた。

島田は躊躇もしないで「私の妻になる女性なのだが、昨夜何かありましたか？」と言った。

紀村は平然と「何もありませんでしたよ。疲れた様子でした」と答えた。

島田はそれでも執拗に紀村の手が空くのを待って、色々と質問したが、最後は惚気て帰って行った。

紀村は島田からもらった名刺を妻に見せて、渋谷の大きな会計事務所の先生が彩矢の夫になる予定である事を知ると、これ以上彩矢の応援も躊躇する。

どちらが幸せになれるかと考え込んでしまった。


二日後、島田は彩矢に強引に会う事を強要した。

「ハワイから帰って変だぞ！　何かあったのか？」

「いいえ、何もありませんわ！　疲れただけです」

「結婚式はいつする？　四月か五月？　いや六月の花嫁も良いな！」

「は、はい」曖昧な返事の彩矢。

心の中には俊介が大きく広がり島田の存在は小さくなっていた。

島田は久しぶりに会ったので関係を迫ろうとするが、隙を見せない彩矢だ。

結局式の日取りと場所は近日中に彩矢から連絡する事で別れた。


だが数日経過しても全く連絡が無いので島田から連絡すると「こんなに日焼けした姿で花嫁衣装は無理だわ」と彩矢は答えた。

「それなら式は無しにして、引っ越して来るか？」

「駄目よ！　文金高島田に白無垢は着たいわ」

「じゃあ、どうするのだ！」

「日焼けが収まるまで待って欲しいです」

「いつまで？」

「秋になったら収まると思うのよ」

「秋まで待つのか？」

「その代わり新婚旅行も兼ねて遠くで結婚式をしましょう」

「外国か？」

「違うわ！　宮島の厳島神社で式を挙げるのよ！　素晴らしいでしょう？」

「えっ、広島のか？」

「そうよ！　昔行った時に結婚式を挙げているのを見たわ、素敵だったのよ！　だから私憧れていたのよ」

「秋か、随分待たされたのだから、もう少し待つか」

「ありがとう先生、嬉しいわ！」急に甘えた声で喜ぶ彩矢。

確かに色が黒くて白無垢は似合わないので、一生の記念になる結婚式を迎える女性の気持ちとしてはわかる様な気がした。


だが彩矢は全く違う事を考えていた。

出来るだけ引き延ばしてその間に俊介に会いたい。島田には悪いけれど結ばれるなら俊介だと既に心に決めていた。

弓子は元のスナック『赤い鳥』に戻って働き始めた。

彩矢も昼間の仕事を見つけて働く事にした。

島田は働かなくても良い、花嫁修業で料理とか生け花を習えと勧めたが、歳を考えると仕事の方が向いていると押し切った。

これ以上島田の世話になると困ると思い始めたのだった。

島田は弓子に彩矢の行動を監視して欲しいと、昼間の様子を調べさせていた。

彩矢はその弓子に「相談があるのだけれど」と言って店が休みの昼休みに誘った。

弓子は何事なのかと思い行くと「弓子さんだけには本当の事を話すわ」と言って小説が見つかった事を話し始めた。

そして自分に協力して欲しいと懇願したのだ。

弓子は島田からも、彩矢からも頼まれて困ってしまった。

彩矢は小説の原稿をコピーして準備していた。

「この小説を読んで決めて欲しい、彼の気持ちが伝わるわ！」原稿用紙を袋に入れて手渡した。

弓子は彩矢の頼み事は島田と別れる手伝いをする事だと直感で理解した。

だがハワイにも連れて行ってもらいお金もいただいているので、彩矢の希望には添うのは厳しいと思った。

押し付けられる様に原稿を受け取って弓子は帰った。

その日から読み始める弓子は、自分が読んだ部分も全て彩矢を綾子に見立てて読み始めた。

話の途中から弓子は、自分も二人を引き裂く手伝いをしていたのだと自己嫌悪に陥って来る。

二人が会えたチャンスは何度かあったが、島田と自分が邪魔をしていたと思い始めた。

そして最後の俊介の言葉『綾子と僕は時計の長針と短針だ！　君の誕生日に針が二回重なる時、僕は身体が動く限り二人の思い出の場所で毎年君を待っている！　この小説を読んで、もし少しでも僕の事を……』

最後に書き終わった日時が書き留めてあって、２０１７・９・20となっていた。

「島田はこの小説を読まれたら困るので、私たちをハワイに送ったのだわ！　私も片棒を担いだの？　可哀想な……」そう考えると弓子は涙が流れ出て大泣きをしてしまった。

彼は、少なくとも二年彩矢を待ち続けた事になる。

『そんなに愛されて断る女性はいないよ！』心の中で叫びながら自分が彩矢の幸せを、そして俊介の幸せも奪ったと思い始めた。


翌日弓子が彩矢の洋服店に現われて「彩矢！　私力になるわ！　貴女が俊介さんと巡り会える様に手助けするから頑張って！　それからごめんね」

「何が？　謝ってもらう事などあったっけ？」

「いゃ、いいのよ。それよりどうすれば良いの？　何でも言って」

「弓子さん私の誕生日知っているでしょう？」

「勿論よ！　十一月二十七日よね。あっ！　彼に会える日だね！」

「そうなの！　今は彼に会うにはその日にその場所に行かなければ会えないのよ」

「長針と短針が重なる時間って一日二回確かにあるけれど、わらないわ？」そう言って首を傾げた。

四十二話

彩矢は弓子に誕生日までは島田との結婚は出来ないと、日焼けが原因で結婚式を秋以降に延ばして貰ったと話した。

「誕生日までに会う方法は無いの？」

「二人で行った『きむら』の御主人が何かご存じないかと聞きに行ったけれど、知らない様だったわ。ただ、本にして出版される予定だったのに、出版社の社長さんが急死されたと聞いたわ」

「不運が付きまとうのね！　可哀想な人だわ」弓子は小説を思い出す。

「そうなのよ！」そう言う彩矢は既に涙目になっている。

弓子は島田に頼まれて、彩矢の携帯電話を隠し、またハワイに同行したのよとは言い出せない。

「一応島田との結婚式は宮島の厳島神社で挙げる約束はしたのよ！」

「えっ、俊介さんとは？」

「勿論結婚式までには見つけるわ！　結婚式は私の誕生日十一月二十七日にするのよ。大安だから良いでしょう？」

「どう言う事なの？　その日に俊介さんと会えるのでしょう？　結婚式するなら会えないでしょう？」

「弓子さんは島田先生が、その日に結婚式をする様に一緒に応援して欲しいのよ！」

「意味がよくわからないけれど、俊介さんには会って島田と結婚すると伝えるの？　変なの？」

「明日にでも厳島神社に式の予約を入れるわ」

「えっ、手早いわね」

「有名な場所だから満員かも知れないからね」

不思議な笑顔の彩矢、確かに今は日焼け状態で白無垢は似合わない。

そんな彩矢の思いとは裏腹に俊介は二年連続で会えなかったショックで、今後も続けられる自身があるかと自問自答していた。

その最大の理由は本の出版も無ければ、ネット投稿もされていないので、彩矢が読んでいる確率が極めて低い事だ。

自分で書いて、その文章に苦しめられる事になっている俊介。

『お父さん！　今年も頑張って会いに行ってね！　必ず思いは叶うと思うからね！』応援してくれるのは一番反対していた娘の葵と、口には出さないが母聡美の応援だった。


一番良く知っている紀村夫婦は、今も原稿を渡した事を後悔していたが、その後彩矢も島田に連絡する事が無かった。

もしもう一度来て尋ねられたら、葛城教授の事を話してしまおうかと思うが、あの会計士の先生の嫁になる事の方が幸せになれる様な気がしている二人だ。

「多分もう一度涙を見せられたら喋ってしまうわ」と妻が気持ちを語った。

島田に誘われると、食事には行くが適当に理由を考えて関係を拒否し続ける彩矢。

厳島神社の式には誰も呼ばない事で、先日島田は納得した。

唯一弓子さんにはお手伝いも兼ねて来て貰う事になっていた。

島田は弓子を信頼しているので、嘘の話でも安心している。

もしも小説を読んでいたら不信感を持っただろうが、知らないので不信感は無い。

弓子は彩矢が誕生日に厳島神社で挙式をする事態が嘘で、思い出の地が宮島では?と考えていた。

島田との式を出来るだけ引っ張って、思い出の場所に行こうとしていると思う。

わからないのは広い宮島の何処で会うのだろう? 時計の長針と短針が合う場所? それは多分二人しか知らないのだろう?

弓子は自分が先生に頼まれて行った事を何度も彩矢に話したい衝動が起こった。

もしも自分が全てを話せば、彩矢は直ぐに島田の元から去るだろう? そうわかっていてもなかなか言い出せない。


五月の連休が終わった頃、彩矢は一人で宮島に向かっていた。

自身三度目の訪問だが、初めて一人で向かったのだ。

ネットと電話で予約は済ませているが、一度現地でスタッフと打ち合わせをして欲しいと言われたからだ。

過去二度来たのはいずれも紅葉の頃で、弥山も木々が青々としている今の季節は何か違う様に感じた。

２０１２年の秋、俊介と別れた時から既に七年の歳月が流れて、彩矢も三十七歳になっている。

俊介さんは四十九歳？　随分歳を取ったのね。私があの時逃げなければ……

結婚式を担当する係の人が「珍しいですね！　奥様になられる方お一人で来られるのは初めてです」そう言って驚いた。

「彼と一緒に来る予定だったのですが、仕事で来られなくなりました」

変な言い訳をする彩矢。

全て貸衣装で二人だけの式をすると伝えて、住所は今のマンションを記載した。

「既に一緒に住んでいらっしゃるのですね」

「はい！　ですから形式だけで、写真も欲しいのでお願いします」

彩矢の髪は既に元の長さに戻っているので、美容師との打ち合わせで地毛を生かした感じにする事になった。

丁度一組の挙式がこれから行われるので、見学に行きませんか？と誘われる。

厳島神社は水面が欄干まであり、海上には海水に浮かぶ大鳥居の姿が素晴らしい景色を見せていた。

その中を新婦が白無垢で朱の回廊を歩くと思わず「綺麗だわ！」と口走る彩矢。

「青木様もお美しいので素晴らしい結婚式になりますわ」係がすかさず褒め称える。

「ハワイに一年程いたので、まだ日焼けが残っていまして……」そう言って照れた。

「籍は既に？」

「いいえ、入籍は式の後と決めています」

「それなら二人の名前を書いて置きましょう」

打ち合わせが終わると夜の飛行機で東京に戻った彩矢。

羽田空港からモノレールで浜松町に到着すると、足はそのまま懐石料理店『きむら』に向かった。

「いらっしゃい」と言った紀村は驚いた顔をした。

いよいよ、尋ねに来たのだろう？　葛城教授の事を言う時が来たと覚悟を決めた。

手伝いに来ていた妻も店内に出て来て、彩矢を見てそう思った。

「今夜は御礼に来ました！　これは宮島のお土産です」もみじ饅頭の包を差し出した。

「こんなつまらない御礼では御礼になりませんが、結婚式が終わりましたら主人と一緒にまた寄せて頂きます」

「宮島に？」

「はい、秋に結婚式を宮島でしますので、打ち合わせに行って来ました」

「そうだったのですね！　それはおめでとうございます」急に笑顔になった紀村夫婦。

敢えて御主人は何方でしょうとは聞けないが、嬉しそうな彩矢の顔で全てが解決したと思った二人。

四十三話

彩矢が帰ると二人は宮島で式を挙げると聞いたので、相手は島田先生と妻が言い、紀村は春山さんときっと巡り会ったのだと言い張った。

だが、どちらにしてもあの笑顔は本物で、幸せになれたのだと二人は確信した。


宮島の旅館の予約は既に島田が行った。

露天風呂付きの特別室の在る高級旅館で、二人の部屋は大きな鳥居が見える位置にある。

同じ旅館に弓子の部屋も予約して、三人だけの宮島旅行が計画された。

二泊三日で十一月二十六日と二十七日の宿泊である。

島田はその後も彩矢を食事に何度も誘うが三回に一回程度しか応じない彩矢。

そんな彩矢の態度が心配になった島田は、再三弓子に彩矢の様子を訪ねるが、弓子は先生の奥さんになるので緊張している様ですよ、最近では経理とかの簡単な勉強もしている様ですと嘘の情報を流していた。

夏になって彩矢は、淳君の盆の墓参りに田舎に帰ってしまい、二週間も戻らなかった。毎日の様に墓を訪れて墓石に問いかける姿は、不思議な光景に写っていた。『淳君、お願いだから俊介さんに合わせてね、もし会えなかったら淳君のところに行っても良いかな？　俊介さんを裏切って島田先生と一緒になれないからねー。七年も私を捜しているのよ！　私の事を心から愛しているのよ！　私も俊介さんを愛しているわ！　昔も今も！』行く度にその様に話し掛けいた。もしも会えなかったら自殺するしか道がないと思い始めていたのだ。

島田には口では言い表せない程世話になっているが、俊介の気持ちを知ってしまった以上もうどうする事も出来ない自分がそこにいた。

十一月二十七日が本当に大安に成るか？　仏滅に成るか？　彩矢には運命の時が迫っていた。

「最近会う回数が少なくないか?」遂に痺れを切らした島田は電話で彩矢に言った。

「私は結婚式と宮島旅行が新鮮な形で迎えられるので楽しみにしていますが、先生は結婚前から同棲の様な生活がお望みですか?」そう言われた島田は、自分も歳だから同棲の様な事は望まないと言わざるを得なかった。

適当に食事で誤魔化す彩矢に翻弄されている島田も、彩矢に惚れているので致し方ない。

彩矢は、会うと結婚式の話と宮島の話をして期待を持たせる。

島田は宮島には行った事がなかったので、彩矢の話は新鮮だった。

しかし、島田が予約した旅館は偶然にも2012年に俊介と泊まった同じ旅館だったので、彩矢は何となく違和感を持っていた。


そんな付き合いが続いてとうとう秋になると、日焼けしていた弓子と彩矢は完全に元の白い肌に戻っていた。

美しさを取り戻した彩矢に島田も満足で「もう白無垢が似合う様になったな」そう言って心を弾ませた。

彩矢は半年以上誤魔化しながら付き合うのも後僅かだと思った。

十月になって葵が再び『お父さん、もう直ぐだね！　今年も行くでしょう？　頑張ってね』とメールを送ってきた。『読んでくれているかな？　読んでいなかったら馬鹿みたいだよ。最近は自信を失ってきたよ。自分だけが馬鹿な事をしている様な気がしている。誰も見てないし辞めても誰も怒らないだろうし、笑わないだろう？』

『弱気だね。あの小説を書いた時は絶対に会えると思ったのでしょう？』

『でもネットにも投稿してないし、出版もしてないからな』

『私が一緒に行ってあげるよ！　行こう！　何処なの？』

『それは言えない。でもまだもう少し先だから』

『十一月なのね、遠慮しなくても良いよ。一緒に行くから寂しくないでしょう？』

あれだけ毛嫌いしていた葵が一人だけでも応援をしてくれる嬉しさは俊介には複雑だった。

いよいよ島田と彩矢が全く違う気持ちで宮島に向かう十一月が訪れた。

東京から新幹線を使うのも、飛行機を使うのもそれ程時間は変わらないが、弓子が一緒の方が彩矢は気分的に楽なので飛行機にした。

二十六日に俊介が休みを会社に提出している事を知った葵は『やはり、行くのね！　何処なの？　教えて？　私も行くから、今度も誰も居なかったら寂しいでしょう？』とメールを送った。

『何故？　今日だと判った？』

『会社に尋ねたの。今日から三日も休みを取ったでしょう？』

『会社に尋ねたのか、仕方のない葵だな！　今夜は宮島に泊るのだよ。紅葉が綺麗だから明日見に来なさい』

『やったー。お父さんとデートだね！　彼女に会えなかったら私が慰めるよ。もしも会えたらどうしよう、その時考えるわ、行くわよ！』

葵は父俊介がショックで自殺でもしないかが心配だった。

三年も毎年宮島まで行っていたのだと思うと、また涙が頬を伝った。

既に彼女と別れて七年が経過した親父も来年五十歳になるので今年が限界かも？　葵はそんなことを考えながら宮島に行く準備を始めた。


俊介は何度も訪れた宮島の風景を見ながら、厳島神社にお参りをすると、近くの旅館に入って仮眠をとる事にした。

明日葵が来る頃には結果が判っている。葵を連れて土産物店などを散策して鹿と遊ぶ事を考えた。

島田達が宮島口に到着したのは、三時少し前になっていた。

「ここからフェリーに乗るのですよ！」フェリー乗り場を指さす彩矢。

「飛行機に乗っても遠いな」自宅を出たのが八時半、広島空港までは早いがそこから約三時間かかったので結構疲れを感じている島田。

「早く旅館で一服したいな」

それでもフェリーに乗ってから大きな赤い鳥居が見えて来ると感動したのか、身を乗り出してカメラのシャッターを切る。

弓子は既にこの宮島が二人の会う場所だと察していたが、どの様な形で会うのかわからない。いきなり目の前に俊介と言う男が現われる訳は無いしとこれからの展開が気になった。

俊介の顔がわかるのは彩矢だけだから、島田に気づかれずに会うのだろうか？

色々考えていると宮島に到着した。

「厳島神社の横の旅館ですから、歩きましょう」彩矢は先頭に立って歩き始める。

弥山の美しい紅葉が目に飛び込む。

「おお、鹿がいるな！　良公園の数とは比較にならないが、気を付けないと食べ物狙われるぞ！」島田は奈良公園には行ったことを話しながら左右を見渡して歩く。

土産物屋が建ち並ぶ通りに入ると鹿は姿を消した。

右にも左にももみじ饅頭の看板があり、店先には沢山の種類のもみじ饅頭が並べられている。

四十四話

厳島神社が近づくと、彩矢は心臓が飛び出してくる様な鼓動を聞いていた。

もし俊介さんが来なければ自殺も選択肢のひとつになっている。

会えたら何を喋ろう？　直ぐ近くにいるかも知れない。

約束の時間に会うなら、既に今日この宮島に来ている筈だ。

そう思うとキョロキョロと廻りに目を配る彩矢。

その様子に「どうした？」と島田先生に言われて「先生！　そこの角を左に曲がれば旅館です」

そう言って誤魔化した。

人混みを避けて旅館の前に到着した三人は、荷物を係に預けてチェックインした。

「一服したら神社をお参りするか?」

係に案内されて、島田と彩矢は露天風呂付きの特別室に向かった。

新婚旅行も兼ねているので、仕方が無いのか? 本当に二人は結婚式を明日するのか? 弓子は後ろ姿を見送りながら考えてしまう。

仲居が「お食事は六時半からお食事処にて三人ご一緒で賜っています」と説明した。

彩矢が頼んで三人で食事をすることになっていたのだ。

島田は嫌な顔をしたが「弓子さんひとりで食事をさせたら、先生が恨まれますよ!」の彩矢の言葉で渋々承諾した。

今夜久々に彩矢と関係を持てることもあり、ここで機嫌を悪くしたら明日の結婚式にも支障があるので承諾したのだ。

部屋で一服する島田を残して、早々と結婚式場に明日の段取りを尋ねに行く彩矢。

「御主人はご一緒ではないのですか?」と聞かれ「疲れたと言って旅館で休んでいます」と答えた。

結婚式は明日の二時からの予定で、写真撮影も含めて一時間少々だと説明を受けた。

御主人様も十二時過ぎには着付け等に来て下さいと念を押された。

既にお金は振り込んでいるので、キャンセルになっても結婚式場には迷惑はかけないと思った。

旅館に戻ると島田先生が一緒に神社を参拝したいと言ったので、弓子を誘って三人で回廊を散歩の様に一緒に歩いた。

既に潮が満ちて回廊は海水の中で浮かんでいるように見え、大きな鳥居にはライトが照らされて幻想的な風景になっていた。

「あの鳥居の場所まで行けるのか？」

「潮が完全に引けば歩いて行けますよ。でも大潮の時とかは長靴が必要な様です」

「不思議な光景だな！　あの海の中に歩いて行けるのか？」

海面を見ながら島田そう言った時、弓子はある思いが頭をよぎった。

もしかして、明日俊介さんに会えなかったら彩矢はここで死ぬの？　自殺？　そう考えると海面を見つめる彩矢の眼差しがそれを暗示している様に見えた。

しばらくして三人は旅館に戻って女性二人は一緒に大浴場に、島田も一人で大浴場に向かった。

間髪を入れずに「お風呂に行きましょうか？」と彩矢が弓子を誘ったからだ。

部屋に露天風呂があるが小さいだけでなく、今は島田と入りたくない気分だったのだ。

六時半にお食事処に三人が集まり細やかな宴会を始めた。

「島田先生、彩矢、結婚おめでとうございます！」弓子がお祝いの言葉を述べた。

杯が進むが、ビール一本程度のところで島田は飲むのを辞めていた。

二人はこれからの事を考えて島田がセーブをしていると感じたが、そのことには触れず宮島と結婚式の話をして九十分程過ごした。

「明日私は十一時半頃から着付け、先生も十二時過ぎから着替えですから、弓子さんは式まで公園の紅葉でも見物していて下さい。綺麗ですよ！」

お食事処を八時過ぎに出ると各自の部屋に消えた。


「ようやく二人きりになれたね。お風呂でも入るか？」島田は待ちかねた様に彩矢を誘った。

覚悟は決めていたのか、彩矢は拒否もせずに一緒に露天風呂に入る。

窓から宮島の朱色の大鳥居がライトアップされて、浮き上がって見える。

七年前

「綺麗ね！　この前はもう少し向こうの旅館だったたから、大鳥居が屋根しか見えなかったわね」

「本当だな！　この旅館に決めて良かったね」

「また来年もここに来たいな！」

「彩矢は宮島が好きだね！　今日も鹿に追いかけ回されていたね」

「それは俊介さんが焼き芋を買って、私のポケットに入れたからでしょう、恐かったのに！」

「ごめん、ごめん！」俊介の唇が彩矢の次の言葉を遮った。

もう七年も経つのに覚えているわ、この風呂での会話を思い出していると急に島田の手が身体を……急に我に返る彩矢。

その後は島田に身を任せる彩矢。


風呂からベッドに移ると、今度は彩矢が島田を求める。

いつもとは違って積極的な行動に驚きながら、興奮する島田。

しばらく間があって再び彩矢が「先生！　ありがとう！　好きよ！」そう言って唇を絡めて再び求める。

今までに絶対に無かった彩矢の行動に、すっかり張り切り頑張ってしまった島田。

しばらくして疲れたのと満足間で満たされたところで思い出した様に「喉が渇いた！」そう

言ってビールを彩に要求した。彩矢は冷蔵庫からビールを取り出し二人で飲み始める。

「美味い！　最高だ！　これからも宜しく頼むぞ！」

「こちらこそ、お世話になりました。言葉では言い尽くせません！　本当にありがとうございました」ビールを飲みながら涙ぐむ彩矢。

「嬉し涙か？　もう一杯入れてくれ！」グラスを差し出す島田。

もう眠るだけなので嬉しかったのか？　満足したからなのか？　次々と飲み干す島田。

今夜は島田に対して感謝の気持ちを表した彩矢だった。

一時間程二人で飲んだが、彩矢は殆ど飲まずに相手をしていたのだった。

その後島田は一人で簡単に露天風呂に浸かると、完全に酔っぱらって「彩矢も早く寝なさい！」と言うと寝床につき、数分で高鼾になった。


しばらくして彩矢は露天風呂に入って長い時間身体を洗い、髪も洗って乾かすと化粧を始めた。

鏡の中の顔は不安と期待で満ちあふれている。下着を着けるとバックから鍵のネックレスを取り出し首に掛けた。

洋服を着ると自分の荷物を纏めてキャリーバッグに詰め込む。

高軒の島田の傍に行き「先生！　長い間ありがとうございました」と小さな声で言って深々とお辞儀をした。

テーブルの上に手紙を置いたその時、急に島田が「彩矢！」と叫んだ。

彩矢ははっと驚いたが、島田が再び寝息をしたので寝言だとわかった。

時計を見ると既に時間は夜中の三時を指している。

キャリーバッグを転がす音が深夜の旅館に響き渡って不気味な感じだった。

四十五話

フロントに向かうと薄暗く、小さな灯りがひとつ付いている。

「すみません！　すみません！」二回程呼ぶと、中から夜勤の男性が仮眠中だったのか眠そうな顔で出て来た。

「朝までこの荷物預かって貰えませんか？」

「どうされましたか？　特別室のお客様ですよね！」鍵を見て言う。

「懐中電灯貸して貰えますか？」

「えっ、お一人で行かれるのですか？　女性一人は危険でしょう？」

「連れが先に行きましたので大丈夫です」

「そうでしたか？　旦那さんが先に行かれたのですか？　それなら大丈夫ですね」

男は懐中電灯を彩矢に渡して、バックをフロントの中に入れて彩矢を夜間の出入り口に見送った。

『綾子と僕は時計の長針と短針だ！　君の誕生日に時計の針が二回重なる時、僕は身体が動く限り二人の思い出の場所で毎年君を待っている！　この小説を読んで、もし少しでも僕の事を……』

小説の文章が頭に浮かび最初に宮島に来た時の俊介の言葉を思い出していた。

「一日二回干潮になるのだよ。その時この場所まで歩けるのですよ。まるで時計の針の様に正確にね！」

「そうなら今いる私達は時計の針？」

「そうだね！　僕が長針で彩矢が短針かも知れないな」……既に十年も前の言葉を思い出した彩矢。

懐中電灯を持って暗闇の大鳥居の方向を見る彩矢。

夜中にも拘わらず観光客がちらほらと散策に来ているのだろうか？　海だった場所に灯りが

見える。

今夜は月の光も雲に遮られて薄暗く地上を照らしてはいない。

夜の十一時迄ならライトアップされている大鳥居も今は薄暗い。

石灯籠の場所から足元を照らして歩くと、石の階段が海だった場所に続いている。

既に殆ど潮が引いているので、全く濡れる事は無い。

潮の引いた所々に小さな小川の様な流れがあるが、そこさえ歩かなければ充分靴で歩ける。

徐々に大きくなる大鳥居、殆どはカップルの様で三、四組が同じ様に見学に来ている様だ。

月の光が雲間から偶然大鳥居の柱を薄明るく照らした。

そこに男が一人何処を見ているのか？　立ち尽くしている姿が見えた。

彩矢の方向に頭を上げたその顔は間違い無く俊介とわかった。

「あっ、俊介さん！」小走りになった彩矢は叫んでいた。

遠くから彩矢の声を聞いて「彩矢！　彩矢なのか？　幻ではないよね！」俊介も駈け寄り、
顔を見合わせるとすぐに抱き合った。

「ごめんなさい！」

「僕こそ、ごめんな！」そう言う俊介の唇に吸い寄せられる彩矢の唇。

外国人観光客の小さな拍手の音が二人の耳に届いた。

大鳥居に歩いて来る事が出来るこの時間に、数人の外国人観光客も来ていたのだ。唇が離れると「お誕生日おめでとう！」俊介が小さな声で言った。

「ありがとう、最高の誕生日になったわ」彩矢の目には涙が溢れて、再び抱き合う二人。

「私から、七年も待たせた俊介さんにプレゼントがあるのよ、受け取って貰える？」

「えっ、僕もこれを、……」ポケットから取りだしたのは指輪のケースだった。

「これは……」

「婚約指輪だよ！　今彩矢の指に指輪が無かったから、思い切って出してみた。離婚したのか？」

小さく頷く彩矢は指輪のケースを受け取って箱を開ける。

「ダイヤ？」直ぐに俊介が取り出して、彩矢の左手を持つと「変わってなければぴったりだと思うのだけれど！」そう言って指輪を指で持つ俊介。

「何故知ってるの？」

「昔、ストローの袋をそっと指に巻き付けたのを持っていたんだよ」

「えっ、そんな物を持っていたの？」驚く彩矢の薬指にダイヤの指輪が綺麗に入った。

「ほら、ぴったりだ！」

「嬉しいわ、ありがとう」左手を雲間から出た月の光に照らして嬉しそうに言った。

「彩矢のプレゼントって何?」

彩矢が今度は右手で指をさした方向には、厳島神社の社殿が暗い闇の中にぼんやりと見える。

「何? あそこに何かあるのか?」

大きく頷いて「今日、あそこで私達の結婚式を挙げるのよ!」

「えーー、彩矢と僕の結婚式?」

「そうよ! 今日は大安だから、もう半年以上前から予約していたのよ!」

「嘘! 嘘だろう? 会えなかったらどうしたの?」

「会えると信じていたから、あの小説を読んだ時に決めたの……」涙ぐむ彩矢。

「あの小説でこの場所が分かるのは彩矢だけだからな!」

「だから今日の二時から挙式よ! 二人だけの、違うわ、友人が一人参列してくれるわ」

「僕にも一人、今日ここに行く様に後押ししてくれた娘が参列してくれると思う」

「えっ、娘さんが一緒に来られているの?」

「今日来ます! もし彩矢に会えなかったら寂しいだろうと慰めに来ると言ってくれたのです」

「素敵なお嬢さんね」

「初めは怒って反対していましたけど、小説を最後まで読んで感動したと、今では僕の強い味方になってくれました」

「私は涙で文字が読めなくなりました」

しばらくして昔話をしながら二人は旅館に向かって歩き始めた。

「俊介さんと別れた日、社殿でお祓いを受けて祈祷していたでしょう。私、何をお願いしていたか知っていますか?」

「……」俊介はその時の光景を思い出す。

彩矢に恋人が出来た事を既に知っていたので、その恋人と結ばれます様にとお祈りしていたのだと思っていた。

「あの時ね、俊介さんと結婚させて下さいとお願いしていたの、妻帯者で子供さんもいらっしゃって無理を承知で神頼みしていたのよ」

「えっ、そんな……」絶句する俊介。

「でも叶えられたわ！　随分時間がかかって、お婆さんになっちゃったけどね」

その言葉にもう耐えられない俊介は、涙で月が滲んで見えた。

「ごめんな！　知らなくて……」涙声だが必死に言葉にして言った。

しばらくして旅館に戻った彩矢はフロントに預けていた荷物を出してもらうと、俊介の泊っている旅館に向かった。その後ろ姿をフロントの男性が不思議そうに見送っていた。

四十六話

旅館の前に二人が着くと「ここは？」彩矢が建物を見上げて言った。

「そうだよ！　初めて宮島に来た時泊った旅館だよ、娘が来るので大きい部屋に変えて貰って良かった」

裏口から入ったので、ホテルの人には全く分からない。

「身体が冷えてしまいましたね！　大浴場に行ってくるよ」俊介は四時過ぎの朝風呂に向かうと、彩矢も一緒に浴衣を持って付いて来た。

大浴場の入り口で鍵のネックレスに気が付いた俊介が「そのネックレス着けていたのですね」

「はい、私の宝物ですから、大切な日には必ず着けます」と笑顔で言った。

「ありがとう」再び抱き合う二人。

しばらくして風呂を済ませて浴衣姿に着替えた二人は、部屋に戻ると七年振りに愛を確かめ合った。

島田では味わえなかった安心感が彩矢の身体から溢れ出ていた。

朝七時前になってようやく目覚めた島田は「彩矢！」と呼びながら隣のベッドを見る。

眠った形跡の無い様子に飛び起きて、露天風呂からトイレを捜して荷物が無くなっている事に気が付いた。

フロントに電話をして確かめるが要領を得ない。

その時テーブルの上の封筒に漸く気が付く島田。

手紙には島田に対する御礼の言葉が延々と綴られて、自分の様な人間が先生の奥様になる事が許されないと書かれていた。

最大の理由は心の中に別の男性がいる事で、もうこれ以上自分と先生を裏切る事が出来ないと書いてあった。

「何故？　まだあのネックレス男を思っているのか！」そう言って怒る。

すぐに弓子の部屋に電話をする島田。

「彩矢が逃げた！　逃げてしまった！」叫ぶ様に言う島田。

「逃げたのではないでしょう？　元に戻ったのですよ！」

「えっ、弓子は知っていたのか？」

「先程彩矢から連絡がありましたよ、彼に会えたと嬉しそうに言いました」

「そんな事は許せん！　取り戻してやる。近くにいるのか？」

「もう戻りませんよ。先生も諦めた方が宜しいと思いますが？」

「何故だ！」

「今の先生は彩矢にとって、とても親切で良い人ですが、携帯を隠してハワイに連れ出した事を知れば悪い人に変わりますよ。どの道先生の元には戻って来ませんわ、ここは黙って身を引くのが最善の方法ですよ。私も本当の事を彩矢に言いたくありませんからね。彼氏の小説を事務所に送りますので、一度読んで下さい。納得されると思います」

それだけ弓子が話すと、島田の方から怒って勢い良く電話を切った。

島田は朝食を食べると結婚式場に連絡をして、急遽取り消しを頼もうとした。

「島田様での結婚式の御予約は頂いておりませんが、何かのお間違いでは？」係に言われて呆然とする島田。

当初から結婚をする予定が無かった事に腹を立てて、急いで宮島を後にする事にした。

丁度同じ時刻に俊介の娘葵が旅館にやって来て「お父さん、嬉しそうね！　もしかして彩矢さんに会えたの？」笑顔で尋ねた。

「葵の応援のお陰だ。これから厳島神社で結婚式をするのだ。葵も出席してくれ！」

「えっ、結婚式？　そんな簡単に出来ないでしょう？」

「それが、彩矢からのプレゼントだった」

「そんな素敵な事！　素晴らしいプレゼントを貰ったのね、おめでとう！　お父さん！」

自然と二人の目から涙が溢れ出ていた。


その頃彩矢は白無垢の着付けの最中で、弓子が島田先生の様子を伝えに来た。

「綺麗だわ！　先生は今頃フェリー乗り場に向かっているわ」

「先生には本当に悪い事をしたわ」

「そうでもないわ、だから気にしなくても良いのよ！」

「でも……」

島田が宮島口に渡った頃、俊介と彩矢の結婚式が始まった。

「綺麗な奥様ね！　お父さんも素敵よ！」葵がスマホで次々と写真を写す。

朱塗りの欄干に紋付き袴の俊介と彩矢の白無垢が映えて一層引き立つ。

海上に大きく浮かぶ大鳥居を背に、次々と写真を写す専属のカメラマン。

二人の結婚式は喜びの中で終わって、その日の夜は四人で宴会になった。

翌日昼頃四人は一旦それぞれの場所に帰って行った。

彩矢はマンションの引っ越しの準備を既に終わっていた。

俊介に会えた場合も会えなかった場合も、このマンションを出る事を決めていたからだ。

宮島から帰った日のこと。島田は帰りにやけ酒を飲む為に浜松町に近い懐石料理店『きむら』に飛び込んでいた。

閉店近くで殆ど客は無く、その姿を見た紀村は結婚式が春山さんと彩矢だと直ぐにわかった。

やけ酒の島田に紀村は二人の事を話した。

それは小説の中の話だが、殆ど実話だろう？　二人の思いを察して許してやりなさいと諭されたのだ。

その話は自分の意地悪で会えない時間が延びた事を思い知らされる事になった。

数日後、島田の元に弓子が送った小説の原稿が届いた。

紀村の話が無ければ、永遠に読む事は無かった『遠い記憶』の原稿を読み始める島田。

最後の『綾子と僕は時計の長針と短針だ！　君の誕生日に時計の針が二回重なる時、僕は身体が動く限り二人の思い出の場所で毎年君を待っている！　この小説を読んで、もし少しでも僕の事を……』

最後に書き終わった日時が書き留めてあって、２０１７・９・20になっていた。

読み終わった時、自分が行った愚かな行為を恥じて目頭が熱くなっていた。

少なくとも三年も待つ事は無かったし、この文章の意味がわかった彩矢の行った行動も充分理解出来た。

宮島から戻った翌週、彩矢は東京から福岡の俊介の自宅に転がり込んだ。

母の聡美は自宅を改造して、一緒に住みたいと言う彩矢に感動した。

二年後
藪内達が仕掛けた風評被害で、小倉の森田塾はいつの間にか生徒数が減って三カ所あった塾がわずか一カ所だけになっていた。

葵は実家には帰らず福岡の会社に就職して、俊介に時々会うのを楽しみに一人で生活していた。

そんなある日、彩矢は福岡の病院で男の子を産む。母の聡美が「春山の家にも漸く跡取りが生まれたわ！」そう言ってガラス越しの新生児を俊介と一緒に見ていた。

「高齢出産で心配したけれど良かった！」と俊介は喜んだ。

「名前は決めているのかい？」聡美が笑顔で尋ねる。

「春山厳って名付ける予定です」

「強そうな名前だわね！」

「僕達の縁を結んで頂いた厳島神社から一字頂きました。結婚する七年も前に彩矢は二人が結ばれる様にお願いをしていたのですよ」

「そんなに昔に？　まだ律子さんと一緒の時だね。でも彩矢さんは年寄りに親切だ。良い奥さんだよ！」

しみじみと話す聡美はこの二年間、彩矢の介護と看病を受けて元気になっていた。

嬉しい俊介と聡美が病室に戻ると、彩矢が「厳！　可愛いでしょう？」と笑顔で言った。

四人の楽しい生活が始まった瞬間だった。

翌年、その幸せを書き加えて、待望の小説「遠い記憶」が本になって出版された。

実に俊介が書き始めて十年の歳月が流れた本当に遠い記憶の物語だった。

完

二〇二〇年二月四日

杉山　実（すぎやま みのる）

兵庫県在住。

この物語はフィクションであり、実在の人物・団体とは一切関係ありません。

遠い記憶

2020年６月27日　発行

著　者　杉山　実

発行所　ブックウェイ

〒670-0933　姫路市平野町62

TEL.079（222）5372　FAX.079（244）1482

https://bookway.jp

印刷所　小野高速印刷株式会社

ISBN978-4-86584-465-8